喝了吧，赫拉巴尔

龙冬 著

北京出版集团公司
北京十月文艺出版社

目录 CONTENTS

布拉格日记

（2008年12月14日—12月21日）

12月14日

捷克文化艺术部门邀请。

北京时间上午十一点五十分起飞。俄国航空。当地时间下午三点半到莫斯科机场，飞八个半小时。

天阴，一下子就黑下来。午后的时间，却是夜晚的样子，也许纬度原因。感觉离奇。

莫斯科时间十八点二十分换机再次起飞，当地时间十九点半到达布拉格机场，飞两个小时。

莫斯科同北京时差五小时。布拉格同北京时差七小时。

莫斯科机场候机楼里灯光昏暗，一切都显得陈旧。不少旅客睡在座椅上和地上。

布拉格机场崭新明亮。服务员年轻美丽，身材姣好，脚下滑着旱冰在候机楼内穿梭。

进城住下。在老城中心的帝王旅店，老房子改建。阁楼的窗子斜在屋顶上，可以看见另外的人家和夜空。

查理大学的中文系老师、汉学家苏珊娜·李来见。到住处附近巷子里一家出售传统捷克啤酒的酒吧。安排好未来几日的内容。

12月15日

黎明三时即醒。严重的时差反应又来了。醒醒，睡。很短的梦。半醒。

一个戴鸭舌帽穿吊带裤的人，贩卖"芳香"。平板车。人家窗口里有手风琴奏响。芳香可以装饰每一天的房间。每天一个味道，玫瑰，苹果，罂粟。

四点半，街上有开门关门声，有人咳嗽，吹了两声口哨。

六点起身出门。听到钟声。天还深黑。我一人在查理大桥上。

那些雕塑忧伤。伏尔塔瓦河喧哗，因为桥下的上游一道拦水的作用。

七点，路灯还亮。公交有轨电车叮当驶来，乘客很少，有几个人在看书，也有人看报，有人睡觉。

街巷里有了喧哗，全是送报纸的车和清理垃圾的车，黄光闪烁。在街巷里乱走，脚下石块石钉路面，走着磕磕绊绊。看到一个名人故居，1795—1861，谁？侧面浮雕头像。

上午，苏珊娜·李来。我的作者托马什·马扎尔来，他是《赫拉巴尔的一生》的作者，也是赫拉巴尔的忘年交酒友。马扎尔今年五十二岁，原来在消防单位当工程师，现在自己开公司从事防火设施工程。他是作家，书评家，摄影家，好像也拍拍电影。

我问：马扎尔，你是哪里人？

马扎尔回答：我生在布拉格，长在布拉格，也将在布拉格死去。

我问他：有到中国看看的愿望吗？

他无奈地摇摇头：中国，太遥远了。

马扎尔似乎哪里都有熟人和关系，借到两三把钥匙，把我们直接就领到了鲁道夫美术馆的楼顶上。俯瞰一个青年英雄的广场和伏尔塔瓦河。有三个中国画家的作品正在这里展出，其中一个是方力钧。

参观布拉格老城犹太居住区和墓地。心情阴郁，如同天气。可是，天气并不怎么冷。看到卡夫卡塑像。看犹太人展馆。

中午，捷克餐，在卡夫卡塑像街对面。

下午，到文化部，捐赠图书。捷克文化部文学艺术局长接见。双方介绍业务情况。得知二〇一〇年可能举办"中捷文化年"的活动。向我们推荐了克里玛的作品《爱情与垃圾》等。

最后，局长说：我知道你们今晚有什么活动。

我们诧异。

局长：我知道你们将欣赏一场美妙的音乐会。然后，递上一张纸条，说凭它就可以进入国家剧院的包厢。

到查理大桥西头的一家酒吧。见作家赫拉巴尔的几位酒友，他们大多七老八十，有导演，有热气球公司老板，有画家，有音乐家，有新闻报人。

他们幽默。因为多谈赫拉巴尔，有人就突然弯下身子，冲酒桌底下喊：赫拉巴尔，你出来！

晚上，在国家剧院。流行唱法的歌剧选段和名曲。时差反应强烈，半场就离开了。可是，又睡不着，就到瓦茨拉夫大街走了一圈，在小巷中溜达到深夜。

12月16日

晨六点起来。在周围街巷乱转。八点早餐。昨天也是这样。

上午，朗茨先生来，年近八十，身体健康，瘦，善谈。他是老捷共。原任捷克文化部图书局长，曾率领捷克出版代表团访问中国。他的妻子是电影导演。他们对中国人非常友善。他妻子因为跌了一下，在家不能出门。

游览老城广场，参观查理大学的一部分。音乐厅门前，有莫扎特的无头塑像。大学呈开放格局，没有围墙，分散在城区各处。布拉格老城很小，这些，半小时看完了。

到青年阵线出版社交流。是捷克最大的出版社之一，相当于我们的中国青年出版社。它在布拉格西南郊的小山脚下。

青年阵线出版社每年出版一百八十种图书，其中四十种属于儿童文学，既有原创，也有引进版权。出版范围广，有工具书、小说、非小说、百科全书。青年、儿童。愿意同我们全方位合作。他们对中国历史文化非常感兴趣，出版唐诗。

他们出版捷克最具影响力的作家作品。

他们有杂志三十种，其中两种面对青少年，另外是医学、生活方式、如何当好父母的各类杂志。

他们推荐了一个二次世界大战幸存者的故事，说这是最好的。作家 Arnost Lustig，阿诺什·卢斯蒂戈在美国，用捷克语写作，读者对象是青年，尤其女学生。我考虑引进。

他们一般图书起印三千册，但文学系列也都卖了六千册。十八册的小开本《赫拉巴尔作品集》，一般一次印两千五到三千，每一年半左右印一次，每次开本不变，内文不变，仅封面重新设计，因为每一代的读者都接受一种新的设计。

青年阵线出版社全部三百人，有报纸。图书编辑仅二十人。主要利用外部劳力资源。现在，出版社已经完全私营。

下午，先到金虎酒家坐坐。离我的住地三分钟。赫拉巴尔常去的酒家，他在此接待过美国总统克林顿。

到中国驻捷克使馆拜会大使，捐赠图书。座谈七十分钟。

晚，应出版友人之邀，到查理大桥西头的一家马厩餐馆吃饭，最地道的捷克餐，猪肉酸菜，馒头片。返回路上，遇见两个美国留学姑娘，在一堵涂鸦墙上喷涂描画。她们让我也来一下子。我随手从地上捡起一大片树叶子，按到墙上就喷，叶子的剪影。两个姑娘，人很害羞。

朗茨白天讲，他的奶奶说，每次吃饭都要剩下一点点，不可吃得过于干净，这象征着穷人要为将来的战争和灾难着想，避免将来没有吃的。而富人吃饭也要剩下东西，他们是为了炫耀自己的富有。他指的是，不管谁，采取什么政治立场，必须真诚地善待底层穷困的人。任何政治，都不能总是用一种声音压制其他的声音。他指的是现实。

我同朗茨开玩笑，故意拿一些问题为难他。朗茨都真诚以对。当他偶尔发觉我的玩笑时，就用手掌刮一下我的脸，或者轻轻拍一下我的头和肩膀。

我看出朗茨是一位坚定真诚的社会主义者。他的真诚，让我喜欢，并且尊重。

12月17日

上午，朗茨、苏珊娜（李素）、马扎尔来接。两个小车，马扎尔开一辆，朗茨开一辆。我坐朗茨的车，这老头开得又野又狂，我一路紧张。

往北偏东，出城走高速，近两小时，到宁布尔克小城。那是赫拉巴尔的故乡。他出生在布尔诺，可是五岁就到宁布尔克生活，他的童年、少年和青年都在宁布尔克。

车子还没出城，我就明白了，所谓金色的布拉格，也就是我所住的那一小块老城区。离开远一点，布拉格还是显得灰色破败，建筑多为板楼，随处都见垃圾。

先到宁布尔克啤酒厂参观，见经理。赫拉巴尔的宁城生活，一直在这个厂子里。啤酒厂一八九五年建厂，到今天一百一十三年。有一百多工人。年产量十五万升。一九八七年现任经理结识了赫拉巴尔。现在的啤酒，瓶装，普宁斯卡牌，商标用的都是赫拉巴尔的头像。曾经，酒厂要给赫拉巴尔立个纪念碑。赫不同意。无奈勉强允许将自己名字的铜牌，嵌进酒厂大厂房的墙脚下，他说：我的牌子只能放在让小狗尿尿都能够得到的高度。现在，这句话也刻在了铜牌上。

看啤酒酿造的各个程序。直接在啤酒罐的龙头下喝酒。

看见了啤酒厂高大的烟囱，立在厂房顶上。由小说《一缕秀发》改编的电影《金色回忆》中，母亲和贝宾大伯胡闹开心爬上的烟囱。在赫拉巴尔的酒厂故居留影。长条房子，四个大窗。

过拉贝河，参观赫拉巴尔纪念馆，捐赠图书。看到了赫生前的日用穿戴和书桌、打字机、香烟盒、玻璃烟缸、剪刀。

到赫拉巴尔家族墓地凭吊。什么都没有准备，天气阴冷，流了鼻涕。

一天，赫拉巴尔在距离林中小屋的写作地点不远的林中酒家，遇见一位妇人要出售一小块墓地，以解燃眉之急。赫当即买下这墓地，说，妻子要过生日了，就当礼物送给她。赫把父母和弟弟葬在这里，把贝宾大伯葬在这里，后来又把妻子葬在这里，最后，他自己也葬在这里。赫喜欢猫。墓上有许多玩具小猫。

到林中酒家午餐。猪肉酸菜。啤酒。苏珊娜为我买一包捷克香烟，她说上大学时爱抽，比较便宜，味淡。我抽抽，还说得过去。

饭后。上车。刚一打盹，就到了那所著名的克斯科林中小屋。从一九六五年直到最后，赫一直或周末在这里写作休息。原本以为可以见到赫的猫们，也是第二代了，结果没有见到，谁知躲在什么地方相互偎依，舔着自己的爪子。马扎尔今天一直在为我拍照。落下了细雨。小路泥泞。雨就不停了。回到布拉格，雨大了。

到住处旁边的一家古玩店看看，店主热情。我装模作样用自带的放大镜看他的老珊瑚珠宝，他认我为行家。帮他们即时鉴定了一件中国春宫画册页，仿旧赝品，大概民国晚期到当代的东西。买了一只木雕黑漆小狗熊，上世纪三十年代货，标价1200克朗，因为指出掉了一只镶嵌的眼睛，且有小残，1000克朗买了，合人民币三百块，算是纪念。

白天，在啤酒厂。赫的商标头像从空瓶子流水线刷下来，冒着热气的一堆垃圾，这是"赫拉巴尔垃圾"，赫拉巴尔深陷在垃圾堆里。

朗茨怂恿我给那些哗哗作响的空瓶子流水线拍照，说：看，啤酒大军正在前进！朗茨喜欢狗。他只要见到狗，就像喜欢小孩的人见到小孩，上去就逗。

在啤酒厂，苏珊娜和马扎尔一直在笑。我问他们笑什么，苏珊娜指着酒厂的林地，说：你看那棵树，只挂了一条圣诞彩灯，那个工人肯定是喝多了，就连圣诞节的彩灯都没法装饰。我说：在这里，喝酒比过节重要。啤酒就是捷克茶。

雨越来越大。报时的钟声也变得湿润。睡睡醒醒，懒得出去吃饭。

本书作者与捷克汉学家、翻译家苏珊娜（李素）在宁布尔克啤酒厂

12月18日

黎明，过查理大桥又到那堵涂鸦墙去。找见了那片叶子，签名。那堵墙名叫"列侬墙"，大概是对歌手列侬的纪念吧。

朗茨和马扎尔陪同到布拉格北郊的利本尼区。赫拉巴尔从上世纪五十年代到七十年代居住的地方。堤坝巷24号。因为八十年代修建地铁帕莫夫卡站，拆迁。现在立起了一带高墙，上面描绘着赫拉巴尔的全身像、他的打字机、书架和印刷体的作品段落，挂着钉着故居的门窗框架。草地上随处都是垃圾。他的纪念铜牌嵌在堤坝巷柏油路上，那是一九九四年他八十岁生日的纪念。

参观了犹太教堂。早已废弃。赫四十五岁，一九五九年在诺依曼剧院当道具布景工时，曾在这个教堂整理道具。现在，教堂国有，用作艺术活动。依然破败，依然储存道具，如同仓库。

走过罗杰特卡小河。赫和未婚妻散步的地方。《婚宴》中有描写。还有，大饭店场景，正在翻修，规模如同一家影院。

诺依曼剧院如今改了名字，看不出什么，很平常，如影院。

街边商店没有开门。一些中老年男人排大队。他们等候买鱼饵，然后为圣诞的到来去钓鱼。圣诞为什么要吃鲤鱼？大概圣诞前还有个"谢肉节"。那天斋戒不吃肉，靠海的民族以海鱼替代。捷克是内陆，吃不到海鱼，所以代之以鲤鱼。

午饭在赫常去的酒吧，吃鸡肉酸菜。

马扎尔给我带了赫一生常读的捷文版《老子》，让我摸摸。小书翻烂了，平钉锈着，翘出来扎手。还带了一九八三年赫的笔记本，也随我翻。我选择了那一年我生日的笔记。马扎尔为我在街边的复印店铺复制了一份。什么内容？都说不好翻译。零碎感受，文体怪异，如同酒醉后的梦幻语言。

我要到赫最后的医院看看。布洛夫卡医院。坐有轨电车去了。我看了赫从六层病房窗口坠落下来的情形，他落在医院门口的一侧，时间是一九九七年二月三日下午两点来钟，也是今天的阴晦。我看他窗下的二层突出着水泥的防护栏板。我比画着对马扎尔说：赫自杀的可能性几乎没有。自杀一般是跳下。如果跳下，栏板会接住他。除非他最后要来个跳水的前后翻滚动作，八十三岁的老人了，怎么翻？所以，我还是认为赫并非死于自杀，就是喂鸽子的时候，不小心翻滚下去，掉到栏板边上，又弹到地面。他死得非常诗意。马扎尔说：你们怎么会有赫自杀的说法和猜测？这根本就不是事实，连我们都没有听说过。他的确是喂鸽子不小心摔下的。

电车从利本尼的扎麦切克小宫堡路过两次。赫结婚的地方。下午回到城区。访问了赫拉巴尔在焦街10号废纸回收站工作的实地。距离瓦茨拉夫大街不远。是一条大街边的一栋楼房的下层。现在成了车库。我从铁门的玻璃窗看进去，有天井的院子，然后是车库。那可能就是原先拉运废纸包大车过秤的地方。它的斜对面，就是金锚酒家，赫也常常光顾。

到哈谢克常去的传统捷克酒家休息。现在还是过去的样子。一个柜台服务员留着达利一样的翘胡子，他给客人涮了杯子打好酒，就聪明地打量酒客，一边用手指头卷着他的胡子，似乎不怀好意。

所有酒家，喝酒的人面前都有一张硬纸条，客人要一扎酒，服务员就会在那纸条上用笔划一道杠，用于最后结算。所有的酒家，都有不同的啤酒杯垫。

在瓦茨拉夫大街一侧的小街上，访问布拉格话剧俱乐部。著名导演、艺术总监、大胡子伊沃·克罗伯特接待。剧场很小，顶多坐五十人的样子。他们以演出赫拉巴尔作品改编的话剧为主。

著名电影导演闵采尔的影片，也是在话剧的基础上拍摄。他们也演出经典剧本，如品特、贝克特、尤金·奥尼尔，等等。我看他们的舞台布景非常写实，非常亲近观众，就知道大体的演出风格了，是我主张的小剧场风格。我为什么总跟国内现在的所谓先锋探索试验过不去？在这里可以找到解释。

克罗伯特非常热情，不断地讲解，语速飞快。他想有一天到中国亲自指导排演赫拉巴尔的戏剧。我觉得北京人艺应该主动些。后年是"中捷文化年"，不知有无可能？克罗伯特送给我他们的剧本原稿复印件，还给我画了漫画。给我们放了话剧的片断录像。我感受到戏剧艺术的仪式庄严。我感觉他们的剧场经营也有一套，可是并非我的专业，未多咨询。国内从事话剧的专家比我见识多，可是我从他们的作品和演出却感受不到。

在克罗伯特的工作室坐了个把小时，院长推门进来了，说：我要来了解我所主管的剧院在这个下午发生了一件很大的事情！热情地握手，致以简短的欢迎词，然后，退场。

晚上，朗茨、苏珊娜、马扎尔、我们一起吃饭，就算饯行了。朗茨给每人带了圣诞礼物。礼物小，情意重。他把每个小礼物，一块巧克力糖，一张书签，圣诞树上的一只小彩球，都不厌其烦

本书作者与捷克著名戏剧导演克罗伯特

地进行说明。他举着一件东西讲解，我就藏起他的其他礼物，接下来，他找不见要说明的礼物，最后从我兜里翻出来，生气，拍打我。

同朗茨先生拥抱告别。我心中有些伤感。

餐后。同苏珊娜和马扎尔换场继续喝酒，红酒，喝了无数杯，谈得高兴。和马扎尔拥抱告别。然后，又同苏珊娜换场到她的同事和学生的酒局上去，继续大扎的啤酒。我很高兴，学生们会讲一点汉语脏话。我又教了些雅的和更为不雅的。大家都高兴，圣诞将至。喝喝，又换场。我大概已经醉了，换场后同苏珊娜拥抱告别。

我迷失在布拉格老城的小巷里，错觉是走在当年拉萨的八廓街上。有一次几乎走到了住处，结果，提前拐入一条巷子，又远离了住处。在宁静的巷子里，我的身前身后都有醉鬼，单手扶墙大叫的，如同朝圣般匍匐在地的。我坐在街边，定定神，望到了一座教堂的尖顶。熟悉。它的那边是老城教堂的双子塔。我走，看见了双子塔。我走，到了老城广场。灯火辉煌。都是纪念品和传统小吃的彩色棚子。怎么下了大雪？地面全是花白的棉絮。这是圣诞效果？整座城市好像一个大舞台，到处都有布景。我走，我似乎知道了路。穿街走巷，最后，我一抬头，啊，金虎酒家。这就要到住处了。

12月19日

雨从夜里就落。很大。落在我阁楼的天窗上。整座房子似乎发麻。

早上，到住处后面的教堂。这么近，总是路过，可是从未想到进去看看。看了，很值得看，很有名，古老，伯利恒教堂。

上午转转。到瓦茨拉夫大街一侧巷子吃中餐。我的胃在捷克饭面前早已开始了抗议。

下午三点到查理大学中文系作报告半小时，回答提问四十分钟。由罗然女士主持。主要由罗然老师提问。得知有专门翻译研究沈从文和汪曾祺，但是翻译后得不到出版，因为受众少。我们了解的捷克作家，远远多于捷克对中国作家作品的了解。捐赠图书。

逛逛街。在一家咖啡厅巧遇导演克罗伯特，他一个人在读报纸。他没有看到我，所以也就没有打扰他。

又到中午的餐馆吃饭。

再到焦街的废纸回收站原址看看，旁边有一个教堂和雕像，赫写到过。我进教堂旁边长条小院，里面摊商在大桶大桶的卖圣诞鲤鱼。每条鱼都有二三十斤。现买现杀，全是血水。那么大的活鱼，张开的嘴大概可以嗑住小孩的一只拳头。天道不仁慈。

顺便进到金锚酒家喝了一扎啤酒。

12月20日

许多早晨到查理大桥散步，今天也照样。

这些天都是阴的，或者雨，印象只见过几分钟阳光。

上午离开布拉格前给苏珊娜、马扎尔和朗茨电话，再次感谢他们，道别。

在布拉格机场因为所带书籍，行李略微超重，不通融，有小小的不快。

飞往莫斯科，再北京。到达时，是北京时间二十一日的上午十点。

布拉格涂鸦

——什么树的一张叶片

梦影

一个头戴鸭舌帽的中年，穿吊带裤，推着平板车。满脸灰白的胡子茬儿。他的相貌，介乎西方人与东方人之间，不好判断。他是一个贩卖"芳香"的小生意人。

天应该亮了，可不知道还要等待多久。也许天空已经亮了，渐渐的，在很远的地方隐现光华，在夜空云层下面，松软的风里。

从地下阴沟或房屋底层的酒窖起身，越过街巷的石块石钉路面，身体轻轻浮起上升。如同一个小小的热气球，摇摇摆摆，越过煤气路灯。玻璃灯罩里头的火光已经疲倦，婴儿的脸，它随时都将睡去。

金色的布拉格，要有阳光普照。可以想象那样金色的情景，因为我看到了所有三五层楼房和高大教堂红色黄色的屋顶墙面。冬天墨绿的草地和灌木。伏尔塔瓦河安静流动。应该有音乐了，可是音乐有如光明，这时候不知道沉睡在什么地方，沉睡在哪一栋精巧华美建筑的石缝里。

贩卖"芳香"的这个男人，他喜欢喝比尔森啤酒，但是他更喜欢喝地道的捷克啤酒。因为比尔森啤酒现在掺杂了浓重的德国口味，刺激，硬，顶，过瘾。地道的捷克啤酒，比如宁布尔克小城啤酒，甜，并且透彻，如同把一快玻璃丢到流经宁布尔克清澈的拉贝河中。拉贝河流到德国，名字就变成了易北河。

这都是一些多余文字。地道的捷克啤酒，柔软，诗意盎然。

宁布尔克小城在布拉格东北，车行顺利，个把小时就到，那是捷克民族当代顶尖作家博胡米尔·赫拉巴尔的故乡。

终于有音乐出现了。一栋二层楼的阁楼窗口，有手风琴奏出舒缓旋律，节奏并不分明。贩卖"芳香"人的平板车上，凌乱地摆放着无数香袋，小小的，用绚烂纸绳随意捆扎。他并不叫卖，非常沉默。也没有人照顾他的生意。可是，那些香袋却能自由浮动飞翔起来，有他的目光指引，一个一个飞翔起来，好像蜜蜂舞蹈，进到这家那家的门洞和窗子里。他的"芳香"，一天有一种味道，每天都要换新。有玫瑰的，苹果的，有罂粟和猕猴桃，郁金香和非洲菊。他今天贩卖的是玫瑰，还是苹果？我如何都说不清楚。

在布拉格老城中心住下来。我住处的街道叫什么名字？忘记了。出门溜溜达达走到那座著名的查理古桥，用不了四分钟。

街上响动了开门声音。木门沉重，传播到久远的过去。然后，一声咳嗽，三两声口哨。然后，木门又沉沉地撞上，可以听见门锁的弹合，咔嗒。再没有动静。

我在这家老建筑的"帝王旅店"留言本上，画一些房子和云朵，画了水鸟。惜墨如金，只写一句：

在布拉格，梦多。

人与桥的对话

十二月十五日。黎明。横跨伏尔塔瓦河东西的查理大桥上。

人：伏尔塔瓦河，伏尔塔瓦河，这就是吗？

桥：这就是。难道和您的想象有什么不同？

人：我曾经在一个小说里写到过它。我把这条河流同黄河进行着比对。我写出"为什么我总是身在祖国却怀念祖国"的句子。

桥：您知道斯美塔那……

人：我会唱我会唱我现在就唱。

天还黑着。伏尔塔瓦河在这一段由南向北流淌，东西两岸灯光明亮。查理大桥现在是一座步行桥，有一多半从中间分隔，桥的半侧正在进行着修缮工程。工地没人，被铁栏隔离，堆放着建材，还有小型工程车。桥上还没有行人。时间已经过了六点。那段熟悉的旋律，我不是唱出来的，而是用口哨吹出来。我口齿漏风，吹得实在无力，声音依然能够盖过上游不远处那个低矮拦水的喧哗。如果没有这个拦水，伏尔塔瓦河真就是宁静的。为什么要它？仅仅是为了给河流增添一点喧嚣的音响？这不同于我的想象。我想象的伏尔塔瓦河，一点声音没有，深沉，忧郁，柔弱，可不驯服。

桥：您在看什么？用笔在记录着什么？

人：我想问，刚才我从河的东岸走上桥头，在岸边的那处空地上立着的巨大铜像是谁?

桥:那不就是我们的四世查理大帝吗?

人:我知道他,就如同我们的秦皇汉武一样伟大。这桥就是在查理四世时代建起的,他还建立了你们的查理大学,到今天有六百六十年。

桥:你们的秦皇汉武给你们今天留下了什么?我说的仅仅是物质。

人:时间太久,两千多年过去了,地下坟里埋着一些,可是地面上没什么像样东西。

桥:那么,草原民族蒙古人统治你们的时候,相当于我们查理四世的时间,又留下什么?我说的仅仅是建筑。

人:没有。即使有,大多也是俗而不古的赝品。

桥:怎么会这样呢?

人:我认为,我们东方的建筑材料和你们不一样。你们正儿八经的建筑都使用坚硬的石材。我们用砖和泥。我们动辄改朝换代,而每个朝代又多有战火和动乱。我们欣赏物质,也热衷于消灭物质。我们对不幸的感受甚至早已麻木。你看看你们这些巨人,桥头上的,桥栏上的,楼顶上的,建筑墙面上和券门上的,街心公园和草地上的，直立的，身体弯曲的，单个的群体的，虽然黑暗中我只能看见这些雕像的轮廓，可是我能感受到他们全是一副忧伤表情。庄严的忧伤。他们在压迫中，羞辱中，在信仰和渴望中，依然满目忧伤。你们的忧伤何时才了啊？

桥：我似乎可以听懂你讲的中国话。

人：其实，当那些久远的信仰已经荡然无存，许多出自信仰的物质创造，也就剩下点舞台道具的展示。我们也有雕塑。我们雕刻神塑捏人。我们雕塑中的动物似乎比神和人还要多。我们的雕塑有一些糅合进古印度的风格。我们的神像都是安详宁静的，或者威严，而我们的人像更多展示着俏皮和滑稽，要么呆板。我们也有桥头和桥栏的雕像，都是我们土地上从未存在过的东西——龙和狮子。我们的世俗力量巨大，并且长生不亡，这也是精神？

桥：我们之间的表达有着差异。

人：你们在压迫中的不屈，表现得比较分明，外化。而我们，内心同外在都比较复杂扭曲，习惯于沉默。不在沉默中爆发，就在沉默中死亡。但我们心如止水，在矛盾中一切顺应自然，所以乐观知足，讲求化解转变，也就是"主观遗忘症"。咱们谁的苦难和不平更为深重，不言而喻。但是，生命本身没有差异。刚才我好像听到钟声？

桥：报时的钟声，你别显出惊恐的样子，在我们这里，早已不习惯祈祷，也非丧钟为谁而鸣，你权且当它们是舞台表演的画外音吧，你乐意如何理解就如何理解。

人：一个民族的生命体现于发展和创造，或者说只有发展创造，才是人的生命。健康的生命不仅仅使得肉体得到延续。从历史到如今，有多少节日成为抗议，甚至暴力。又有多少抗议和暴力诞生出节日。你们的日子越来越好，可是忧伤永在。我们的快乐天天向上。我们讲究集体幸福，而你们却放大着个人同社会的矛盾冲突。可是我发觉，咱们是不是都疲倦于创造了？我们正在忽略着长远的创造，更多注重眼前的善恶功利。

桥：你的心底取向？

人：要问伏尔塔瓦河，问黄河，问拉贝河，问长江。这不是对比。它们都在流动。

桥：我也真的感到了疲惫。我们民族有一个习惯，吃完饭，盘子里要剩下一点点，不可吃得过于干净，要为将来的战争和灾难着想，象征着给将来饥饿的人留下一点吃的。可是，今天许多富人和所谓的精英们，他们吃饭也要剩下，他们是为了炫耀自己的富有和绅士派头。你明白吗？不论您是怎样的社会观点，站在什么立场，您都不能总是用一种声音压制其他的声音。

人：对不起，我还不熟悉你们的历史。可是比较查理大帝的这尊塑像，我更喜欢东岸边上的另一尊塑像。

桥：谁？

人：斯美塔那。只有他是沉静的，仿佛多病的身躯坐在那里回忆，望着面前的一条河水。逝者如斯，不舍昼夜。也许因为我太喜欢他的音乐吧。我根本是这么一种人。我拒绝权力、聪明和喧哗人众所创造的宏伟事物同庸俗的"幸福生活"，比较容易接受微妙情感同感悟流动着的细弱声音、光影、色彩和语言，它们作用长远。我甚至欣赏生理心理的痴呆，喜欢残缺的事物。这是悲剧的人生，喜剧的效果。或者，喜剧的人生，悲剧的效果。

桥：您恐怕不是一个现实主义者。您活在往昔和未来。

人：我接受您的概括。

桥：天要亮了，我已遍体鳞伤，外科大夫们马上又要给我会诊动刀了。

迎面匆匆走过一个背着登山包的金发青年。也许他的一生只会走过这么一次两次查理大桥，而我，在这个黎明时分，已经来来回回走了两遍。在今后几天，我还将无数次从这桥上走过。

天光亮开着，犹如平坦的海滩被潮水猛然浸湿。街巷酒家门口，都是装卸啤酒桶的金属声。邮递车垃圾车，尾灯顶灯黄光闪烁。伏尔塔瓦河面上几只白色水鸟扑动翅膀，艰难起飞。天鹅已经游弋在水湾。查理大桥下用原木搭建的桥墩防护坡上，大群水鸟还没有完全醒来，哼哼唧唧，微微地抖动羽翼伸懒腰。向游客兜售风光图片和首饰、玩偶的小摊贩出现了。给游客画肖像的画架支立起来了。六七个花枝招展好像童话中人物的青年奔跑而来，他们说笑着，怀抱吉他和电声乐器，兴奋地送给我一张圣诞贺卡。

如果我是导演，这场戏剧的结尾，我要请那个立在桥头的查理四世摘去他金子的王冠，甩去他金子的权杖，抛弃他象征科学的智慧之球，然后作为全民健身运动的领舞，带动起所有僵硬的塑像，并且从老城广场招来那位受到火刑的宗教改革家扬·胡斯，搔痒永远陷入回忆沉思的斯美塔那，唤醒一九六八年那位自焚的青年，还有马哈、德沃夏克、哈谢克、卡夫卡、赫拉巴尔，雅纳切克，一二三四，还有老聃、耶稣、庄周、屈原、陶潜、扬·聂鲁达和涅姆佐娃，大家跳起来，舞起来。早晨我们玩街舞。上午我们聊烹饪。中午我们练瑜伽。下午我们谈减肥。傍晚我们说股票论房产。晚饭后，我们在露天扭秧歌，然后，讲美容试穿着。深夜，我们所涉及的话题是"少儿不宜"。

远远传来众多报时的钟鸣和教堂的钟响，越过老城广场，越过瓦茨拉夫大街，越过犹太墓地的围墙，越过民族剧院前的邻河路，越过查理广场周边建筑上的雕像，钟声细碎凌乱，回荡在布拉格的上空，有如交响乐一般。时间正好八点。桥灯街灯好像长长的叹息之后，猝然熄灭。

雨从宁布尔克落下

在捷克七个日子，天气都阴着。有时候可以看到阴空的层次，亮的云和暗的云。会不会下雪？气候并不寒冷，那么，会不会落雨？

金色的布拉格。这是一个流行的美丽称谓。去过，就明白了。所谓"金色的布拉格"，也就是特指我所住宿的地方，那一块不大点儿的老城区。严格讲，"金色的布拉格"，应当更改成"金色的布拉格老城"。

这一节，我要写写宁布尔克。作家赫拉巴尔在这座城市度过了童年、少年和青春。他的主要作品都涉及这个地方，比如《一缕秀发》《甜甜的忧伤》《哈乐根的数百万》。

宁布尔克是一座小城，位于布拉格东北五十公里左右。如果出城道路不堵，走高速和林间公路，个把小时可以赶到。可是，世界上哪有不堵车的现代都市？布拉格也是一样的道路拥堵。

在布拉格，一旦离开老城区，或许天色作用，所见皆为灰色调子。预制板楼房和废弃的工业厂房，道路两边斑驳的建筑，杂乱无章的粗细电线，草地上的碎纸垃圾，同"金色的布拉格"形成鲜明对照。

我昏昏欲睡。但是，车子已经进入高速，田野和林木展开着，在窗外闪动。

宁布尔克真正是一座"河畔小城"。那条著名的拉贝河从城市南边流过，一路向西向北，在地名梅尔尼克跟伏尔塔瓦河会同，往北流到德国，就是易北河。

被赫拉巴尔称之为"时光静止的小城"，小到什么模样？如果问，我说，巴掌大。或者夸张说，赫拉巴尔作品《一缕秀发》

中的母亲和贝宾大伯爬到啤酒厂房的大烟囱顶上吹风,他们俯瞰宁布尔克,恐怕就仿佛今天在航天飞机上看到上海。

宁布尔克啤酒厂坐落于拉贝河南岸。赫拉巴尔的父亲曾任这家啤酒厂总管。赫拉巴尔五岁以前寄养在出生地布尔诺的外祖母家。至少从五岁到三十岁,虽然成人后也主动做过杂七杂八的工作,赫拉巴尔都是在宁布尔克啤酒厂院子里过着少爷的生活,或者享有着公子哥的心态。但是,他的内心和行为,终其一生都是向往着丰富的生命体验,沉醉在社会底层的呼吸中。这里,我有一个纯属个人的发现。往往成长在物质精神优越环境的人,后来反倒是心灵更贴近底层生活,比较散淡散漫。往往在物质精神匮乏中长大的人,他们更多地追求着庸俗的幸福,占有欲特别强烈,拘束讲究。

共产党在捷克执政后,赫拉巴尔的父亲就成了被改造的"资本家",被迫离开啤酒厂。赫拉巴尔也彻底离开了宁布尔克,到首都布拉格打工谋生。虽然具有查理大学的法学博士头衔,赫拉巴尔却始终拒绝枯燥僵死的办公室生活,一直身体力行追求着有趣天然的底层的文学写作。

宁布尔克啤酒厂建立于一八九五年,迄今一百一十三年。现有职工一百多人。啤酒年产量十五万升。

在啤酒厂的经理办公室，现任经理说起他在一九八七年结识赫拉巴尔。当时他就想到，既然宁布尔克是赫拉巴尔的故乡，作家从小在啤酒厂长大，爱喝啤酒，那么，为什么不用他巨大名声来宣传我们的产品？于是，就有了以赫拉巴尔的几种肖像作为商标装饰的瓶装啤酒。为此，宁布尔克啤酒厂要为赫拉巴尔立起一座纪念碑。在征求作家的意见时，赫拉巴尔却坚决拒绝。最后，无奈勉强同意在麦芽车间的大厂房墙脚下嵌进一块铜牌。作家说："我的名字，只能是这样的高度，小狗尿尿也够得到的高度。"

我在厂子参观了啤酒生产各个工序，从麦芽车间开始，直到最后，张大嘴巴在硕大的啤酒储藏罐龙头下饮酒。

赫拉巴尔作品中描写的厂房、房顶的大烟囱、原先马厩的地方、他们家有四个大窗户的长条平房、温室兼蒸汽室的小屋子，我都一一看到了。我所见到的，同他在小说《婚宴》里的描写完全一样："他将一座长条房子的墙面指给我看，还告诉我哪个窗子是他曾经住过的房间。不过，这些窗子跟过去已经不一样了，已经变成了嵌进墙里的这种现代式样，就连窗框都没有上漆。原来米黄色的外墙，现在也只是抹一层石灰。我们沿着光光的长条房子，一直走到我未婚夫指给我看的又一个地方：那里曾是温室和蒸汽室。"

结合作品评价，他的写作真实而细腻。他的目光无微不至。他的记性可真够厉害的。

告别啤酒厂，车过拉贝河大桥，进入宁布尔克老城。这条河其实并不宽大。越过石桥围栏，河流两头，我仔细望望，平坦开阔，与天空接近。

赫拉巴尔纪念馆，是座平房，在老城小街一侧，我猜想这里过去是家酒馆。

所谓作家纪念馆，也就只有一两间屋子，其他屋子是老式酒家再现，桌椅板凳和壁挂。赫拉巴尔纪念馆的墙壁上悬挂着作家生平照片。屋子里有他生前一直在用的书桌、打字机、钉书器、烟缸、剪刀和其他文具，有他的穿戴和手杖。这些东西，我印象原先都在他林中小屋的内景照片上见过。

离开宁布尔克小城的时候，我还多看了几眼拉贝河。对这条河流，我了解很少，总觉得还有什么未尽的心愿，生怕遗失了贵重东西的样子。我想，假如今后再次访问这个国家，我将哪里也不去，就安安静静地住到宁布尔克这座能够让"时光静止"的小城，以一种痴呆的样子亲近赫拉巴尔的作品。

车子在密林间小路上开动，自己又陷入到昏昏欲睡的状况。

啤酒厂后面有一道围墙。越过围墙，可以看见缓缓流动的拉贝河。围墙里边的灌木绿地，有一棵低矮的云杉，树上只挂了一条圣诞彩灯，孤零零若隐若现地闪烁着。

赫拉巴尔的母亲找不到她那一心多用的儿子。她的儿子就像一阵清风，忽而来忽而去，永远捉不住他，就连披挂圣诞彩灯这样容易的活儿，他都不上心。圣诞节就要到了，可是厂区院落里，还没有一棵树木挂上彩灯，这该多么冷寂。赫拉巴尔的母亲从未这么大声的四处呼唤她那不安定的儿子。

这时，从高高的啤酒厂烟囱上，传来贝宾大伯扯着嗓子嘶哑的叫声："弟妹，您别在那儿转悠着瞎叫唤了，像个母骡子似的！您的宝贝儿子，起初在马厩里喝酒读诗，他说他喜欢闻那些马的臊味儿，后来又跑到车间去。托马什·马扎尔刚把他从啤酒发酵池捞出来，就像掉进油缸的死耗子一样。现如今他正在医院里跟护士调情呢。那护士名字叫苏珊娜，您不知道她有多么美丽，真正的知识美人儿！她的祖父朗茨先生在大战时期用手臂扭断过一辆坦克车的炮筒子。她的祖母一口气能喝下三升啤酒，吃下五根猪尾巴。朗茨先生正在普宁斯卡牌儿啤酒瓶装车间坐镇指挥哪！那些空瓶子成队列方阵哗哗地朝一个地点运动。朗茨先生两眼放光，他挥舞着卷了刃的指挥刀，瞧啊，一支啤酒大军正在前进！您那宝贝儿子的商标头像，从回收的空瓶子上用热水脱下来，简直堆成了一座赫拉巴尔的垃圾……"

墓地和林中小屋

往回去的路上走了。从挡风玻璃上看到，外面飘落着细雨。

距离宁布尔克和布拉格都不远，地点在林中空旷的一面坡地上，有四面高大灰色的围墙。如果不知道这里是一处墓地，走近看，会以为是一处待建工地。

细雨纷纷，脚下泥泞。

这天，赫拉巴尔在克斯科林中小屋的写作非常顺利，他想到该去那家林中酒馆喝上几杯吃点东西了。

赫拉巴尔同平时一样，自己坐在酒家靠窗的角落里。窗外是高大的云杉，丰茂的针叶几乎要将树枝压向地面。冬天，这是我的季节。

夏日到来，赫拉巴尔还是喜欢坐到露天的酒座。啤酒新鲜冰凉，他感到爽快，就跺跺脚下潮湿的地板。一只松鼠受到震动，从露天酒座的地板下跑出来，东张西望，从容地跳跃着爬到树上。

赫拉巴尔坐在酒馆的角落里，闭着眼睛。他已经喝下四大扎啤酒。他想，该吃点东西了，今天难得有胃口。于是，他又叫上一小扎啤酒，等待着刚刚点过的一份猪肉酸菜和土豆泥馒头片。

这时，酒馆里响起了喧哗，有一个熟悉的老妇人正在絮絮叨叨。赫拉巴尔依然双目紧闭。他终于听清楚了，老妇人是在苦口婆心推销一块墓地。赫拉巴尔睁开眼睛，站起了身，端起那一小扎啤酒。他在朝老妇人的桌子走去之前，还没忘记拿上自己的波若纳方形啤酒杯垫。

赫拉巴尔礼貌地问老妇人，我可以在这里坐下吗？

老妇人说，当然啦，赫拉巴尔先生。

赫拉巴尔先把啤酒杯垫随手丢在桌上，放下酒杯，坐下来，说，您的这块墓地，我要。我妻子就要过生日了，我在考虑该送她一件什么礼物。我想，再没有比墓地更好的礼物了。

赫拉巴尔就这样得到了这块墓地。他的妻子先他而去，葬在这里。他的弟弟先他而去，也葬在这里。他又将心爱的贝宾大伯和父母移到这里。最后，他自己终于和他的亲人们团聚了。

作家的墓池上覆盖着一层洁白的鹅卵石。这些小石头，都是赫拉巴尔在世的时候精心捡来摆放的。这个没有后嗣、孤独的作家，晚年经常一个人或在朋友陪伴下来到墓地打理这些石子，就如同家宴主人在桌面摆放最精美的餐具。现在，他也睡到这些石子下面。在石子上面，有一盆小小的圣诞松柏，有干枯深紫的秋水仙，有红色的玻璃灯。可是，灯罩里蜡烛早已燃尽。作家生前最喜欢猫。十数只木雕的石雕的绒布的毛色各样的小猫，直立蜷缩在雕刻了一只手臂的墓碑下。小猫的眼睛都张大着，好像含着湿湿的眼泪和风干的眼屎，惊恐可怜地注视着我，生怕我来打搅作家的休息。

据说赫拉巴尔养护的猫们，今天仍旧出没在他的林中小屋。我去了，没有见到。

克斯科赫拉巴尔的林中小屋，两层高，平顶，完全被云杉、白桦树、松树和灌木遮蔽环绕。我隔着一道铁栏望进去，林地空寂，小屋安然。细雨越发密集，空气湿冷。绿色铁栏上的水珠不断滴落，渗入落满败叶的泥地里。

我相信赫拉巴尔的猫们还在，只不过大多已是他离去之后的

赫拉巴尔在布拉格近郊克斯科的林中小屋

晚年的赫拉巴尔在克斯科的森林空地写作

第二代了。这些猫们可不是他坟墓上猫的样子，不仅仅是生动的表情，而是活的。这样的天气，它们怎么可能像曾经的主人一样漫步林中，迎接熟悉的朋友和陌生的警察？它们一定躲在小屋的阳台上，或者躲到堆放杂物的车库里板棚下，相互偎依，舔着自己肮脏的爪子。赫拉巴尔最喜欢那只白腿白胸的母猫施瓦尔察娃。她总是独自活动。她今天隐藏在什么地方，谁也找不到。

从克斯科林地回到布拉格老城驻地，雨更大了。雨点敲打在阁楼天窗上，噼里啪啦，整座房子似乎都在发麻。报时的钟声，也变得湿润。

利本尼的场景

利本尼是布拉格城东北的一个区。因为地势低洼，伏尔塔瓦河在这里形成四道回流，加上主河道，如同一只按下的巨人手掌，仿佛要将利本尼从地面抓起来。

场景之一：作家故居

自布拉格老城中心乘地铁五站，到利本尼寻找赫拉巴尔生活场景，是最为便利的途径。我从帕莫夫卡车站深深的地下钻上来，出站右转，先走进一条短巷，再右转，堤坝巷。走不几步远，就看到赫拉巴尔的 24 号故居纪念墙。

一九八七年修建帕莫夫卡地铁站，赫拉巴尔在堤坝巷生活二十多年（上世纪五十年代到七十年代）的老房子被拆除了。现在，作家故居只是一道高高的彩绘纪念围墙，那上面描绘着作家的全身像、打字机、书架、打字文稿片断和他心爱的猫们。墙上原先房门的位置，嵌着门框和门面，旁边墙壁悬挂着窗框。一切都是戏剧舞台的布景效果。门面上有"危险"标识。假如有人敲门进去拜见作家，说不定就会触电受伤。门口小街水泥路面正中，嵌进一片黄铜牌子，那是一九九四年作家八十岁生日的活动纪念。那天，人群簇拥着赫拉巴尔。他坐在小街当中一把折叠椅上大喝啤酒，眼看着把自己故居的纪念牌嵌进路面。所有这些纪念都是好事的朋友、读者和政府行为，作家本人并不情愿。他始终在淡化着自己。之所以把纪念牌嵌进路面，也是要任人踩踏的意思，它一点都不醒目。

纪念墙下的草坪遍布烂纸垃圾。我觉得这才是真实的布拉格模样。我大概认识到，这个民族在深层里，对历史和文化、对英雄和艺术家充满尊重景仰，但是他们的外表生活，却略微显出不拘小节和随意散漫。然而，恰恰这两方面，都是我乐意接受的。

场景之二：作家广场和犹太教堂

还是从帕莫夫卡地铁站上来，还是朝右走，越过一处不大的街心三角地，就是犹太小教堂。

先说"街心三角地"。当我听说这就是"赫拉巴尔广场"，差点就笑出来。因为它比一个篮球场还要小，各种电线和道路指示牌杂乱无章。用这样的地方作为纪念作家的"广场"，我猜想如果作家还活着，也不会有什么疑义。因为它恰好概括了赫拉巴尔的生活和写作。

有着三百年历史的犹太小教堂，早已废弃了。如果没有介绍，外部看，它就如同一个机车维修库。共产党在捷克执政，这个小教堂的作用被废除，房子收归国有，成了利本尼诺伊曼剧院的道具服装杂物仓库。现在，教堂产权依然国有，承包给私人进行当代艺术的展示。它的大门紧锁着，除非有什么艺术活动，平时不对公众开放。我进到教堂里，四处破败，真是个空荡荡的大仓库，完全没有神圣庄严的感觉。

赫拉巴尔在布拉格利本尼的家被拆除后，
原址竖立起一道纪念作家的涂鸦墙

上个世纪五十年代，赫拉巴尔在诺伊曼剧院当布景工的时候，主要的工作场所就在这个小教堂里。他每天的工作，就是砸烂教堂的讲坛、桌凳、地板和窗框，管理剧院的道具服装。他说过："应该看看这毁灭的场面。艺术家应该亲临包括处决囚犯在内的一切场合。"

我通过旋转楼梯上到二层，看到两侧廊子堆满了戏剧服装和道具灯盏，所有东西都布满尘土。我捡到一块廊柱上剥落的墙皮，随手丢下大堂，掉到木板地上，发出一声粗重的回响。我知道，就在这个阴冷的季节，赫拉巴尔为了家中取暖，也会顺手拆几块翘起的木地板，中午下班的时候，扎成一捆带回家。教堂里拆卸下来的东西实在太多了。他先蘸着酒精点燃报纸，劈碎木板塞进炉膛，然后再跑到院子里仰头看房顶自己家的烟囱出不出烟。直到看见一缕青烟在阴空下渐渐冒出来，他才回到屋里，在炉盖上温好劣质的咖啡，等待未婚妻从市中心的巴黎饭店下班回来。他在想，艾丽什卡今天又将带回客人们吃剩下的什么东西？

场景之三：作家和未婚妻的散步

赫拉巴尔和未婚妻艾丽什卡吃过午饭，锁好房门走到小街上。

但他们散步的时间，是上个世纪五十年代中期一个阳光明媚的春天的午后。他们心里装着饱满的幸福和快乐。赫拉巴尔在《婚宴》里对未婚妻说："您知道，年轻、快乐是不讲什么理智的。可我总有一天会平静下来，让我在活着的时候就能具有我已经死了的感觉。您知道吗？我的生活，我的生活是什么？我为自己活在这世上而感到如此高兴，我一看到任何美好的东西，就会立刻与它结合。我不仅深爱着人们，也爱着事物，爱着工作。啊！我是多么乐意去做这一切啊！我得意自己当过保险公司职员，我得意自己曾经干过列车调度员，我曾多么乐意到波尔迪纳钢铁厂上班啊……啊！钢铁厂的每一根坯条上都压印了一个美丽女人的头像，头上嵌着星星的卷发，这个犹太女人的名字叫波尔迪英卡，因为钢铁厂的厂长太爱她了，就把她的头像镶到模压机里，于是这个头像便随着一根根钢坯运往全世界……您知道吗？您也有着跟波尔迪英卡一样的侧影。等您什么时候到我干活的地方去看看，我为自己所干的活儿，为给回收的废纸打包，再把纸包装上卡车，而感到骄傲。我为自己呆在我乐意呆的地方而感到多么幸福……因为生活根本就不是浸透泪水的山谷，而是婚庆般的欢乐，婚庆般的喜悦，所以我们也到这里宴庆一番。"

我伴随着赫拉巴尔音乐般的话语，沿堤坝巷小街走出来，左转，步行到大街上。进到一家赫拉巴尔常去的酒家看看。布拉格所有酒家，一般看，大同小异，看不出什么名堂。喝酒的人面前都有一张硬纸条，客人要一扎酒，服务员就会在那纸条上用笔划一道杠，用于最后结算。所有的酒家，都有不同的啤酒杯垫。我还看见街边一家商店没有开门，可是许多中老年男人却在店铺门口排起了长队。他们等候着买到新鲜的鱼饵，然后跑到河边，为即将到来的圣诞节垂钓。西方过圣诞节，为什么要吃炸鲤鱼烤鲤鱼？我懒得咨询求证。这时，我已经走到罗基特卡小河的利本尼桥头了，迎面就是那座"大饭店"。可在眼下，饭店破烂，正待翻修，其规模尚不如中国县城里的一家普通招待所。

　　我在桥头左转，走向另一条大街。身后的有轨电车叮当驶过。诺伊曼剧院今天还在，只是换了名字。

　　赫拉巴尔曾经在这个剧院当布景工的时候，也跑龙套扮演过小丑角色。

　　罗基特卡小河利本尼石桥的另一头，在一处不高的坡地上，是美丽精致的扎麦切克小宫堡。一九五六年十二月八日，四十二岁的赫拉巴尔和三十岁的艾丽什卡，就是在小宫堡举行的婚礼。

天空隐晦，时有雨滴落下。扎麦切克小宫堡那边，窗口灯光耀眼。那场并不奢华的婚庆，似乎今天都还没有结束，可是早已不清楚赫拉巴尔醉卧到谁家的床上了。

场景之四：作家并非死于自杀

赫拉巴尔的生命结束于布拉格的布洛夫卡医院。

我从利本尼乘坐有轨电车四站地，找到了这家医院。实地观测到一九九七年二月三日午后两点来钟发生的事情。非常巧合，我来的时间也在两点来钟，也是一样的天气。

赫拉巴尔那天从住院楼病房的六层窗口坠落下来，身体掉在住院楼大门口一侧的医院标志墙墩旁边，当场离开了人世。

住院楼在二层和三层之间、三层和四层之间，分别突出着两层水泥平台。这样的建筑式样在前苏联多见，北京上世纪五十年代也有不少，我童年少年生活的中国社会科学院前身"学部"1号楼就是这个样式。我的观察，赫拉巴尔并非死于自杀。

一个人若要从楼房的窗子跳下自杀，那么他第一个动作是爬上窗台，第二个就是"跳下"的动作。如果赫拉巴尔是跳下的，那么突出在三层和四层之间的平台一定会接住他，等同于从三楼跳下，并且不至于落地。除非此人自杀前要来个如同跳水的美丽动作，在空中进行着前后翻滚。八十三岁的老人了，又没有跳板的弹性辅助，他如何腾跃翻滚？所以，赫拉巴尔不慎坠落的可能性更大。那一时刻，作家的身体已经得到康复，再过几天就要出院了，朋友们正在张罗着为他过八十三岁生日，他的心情也特别愉快。那一时刻，三层和四层之间的平台飞落来几只鸽子。赫拉巴尔非常喜欢它们，就拿来什么吃的东西往窗下撒着。那一时刻，作家的身体过多地探出窗外，翻落下去。注意，只有翻落下去这个姿势，才会过远地掉在三层与四层之间的平台边缘，紧跟着，人在平台的边上硌一下，然后重重落到地面。

赫拉巴尔是在窗口喂鸽子，不慎坠落的。他的死亡同他的作品一样给我忧伤，也让我发笑。

我把上面自己所写到的看法，同赫拉巴尔的忘年交好友、作家托马什·马扎尔谈起。马扎尔说："对，你说的对。他没有自杀。"

我说："在中国，有他自杀的猜测。"

布洛夫卡医院

什么树的一张叶片

布拉格的某天傍晚，一对出版人夫妇到旅店来接我。然后，我们一同走出小巷，走上查理大桥，来到伏尔塔瓦河西岸古老巷子里的"马厩餐馆"。顾名思义，马厩餐馆早先就是马厩。

饭后回旅店的路上，快要走上查理大桥的时候，从一堵"涂鸦墙"经过。这堵长墙绘满了乱七八糟的涂鸦。

昏暗的路灯下，有两个姑娘正在已经画满的墙上寻找空白描绘着什么图案。我主动同她们打招呼。她们请我留步，示意让我用她们的喷涂颜料也来上一下子。

我不想掩饰自己最最喜欢涂鸦这样的艺术。甚至许多年以前，我就想在北京任何地方，趁着夜色胡涂乱喷。我巴望祖国有那么一天，所有的大小城镇，所有建筑物外墙上，都是孩子、年轻人和恶作剧老人的涂鸦作品，它们天真滑稽、热情可笑，尤其恶作剧的东西，随意的东西，我倒更是喜欢。

两个姑娘让我也来上一下子，我却有点六神无主。幸亏自己晚饭喝下不少酒。有了酒，我脑袋反倒灵活机敏。于是，我接过彩喷器，随手从地面拾起什么树的一张叶片，有四五个角的叶片。这叶片大得足以举过头顶遮阳挡雨。我把叶片按到墙面相对空白的地方，一通乱喷，好像是在杀蚊灭虫。深蓝的颜料喷在墙上，也喷在了手上。安迪·沃霍尔是什么？他其实就是一个傻子、疯子和混蛋。

我的涂鸦，"什么树的一张叶片"。这堵涂鸦墙的多半边，都被这棵什么树的庞大枝叶隐蔽着。

那天晚上，我回到旅店，醒了醒酒。手上的颜色如何都洗不下去。我想，干脆出门过查理大桥，碰碰那两个姑娘是否还在玩她们的涂鸦。如果她们在，就约上她俩到什么酒家再喝上几杯。她们能说英语，这就好，起码我还认识英文字母，知道十来个词汇。况且，邀请姑娘喝酒，任何语言也是多余。

我的决心已定。可一出门，自己并没有走上查理大桥，而是方向完全相反地走在老城的街巷里。

现在，我唯一记得自己去过许多地方喝酒。复述出来的这些也许不怎么讲究逻辑，个别或许也是自己的酒后臆想，但它们都是真实的。

我先是到了新城，沿着瓦茨拉夫大街走了个来回，进过一些明亮的商店，好像还进过小赌场，也在哪条小巷隔着茶黑的玻璃窗看到酒家的脱衣舞女郎。我记得非常清楚，自己在焦街的"金锚酒家"喝过四大扎和一小扎啤酒。在走离老城之前，先是在"金虎酒家"喝过三大扎啤酒，跟赫拉巴尔的老酒友们碰了一下杯子，互祝健康，然后才来到瓦茨拉夫大街。

从焦街的"金锚酒家"出来，我闪过一辆有轨电车。我知道车上如果有十位乘客，那么其中一定是三个人读书，三个人读报，三个人打瞌睡，一个人用笔在纸片上点点划划玩横竖拼字游戏。

这辆电车的车厢外面，印满了捷克青年阵线出版社一本新书《白桦林》的广告。我知道那是阿诺什·卢斯蒂戈的一部最新小说，它描写了一位美丽的犹太姑娘在集中营的遭遇。卢斯蒂戈同赫拉巴尔也是好朋友，他出生在一九二六年，青少年时代在集中营被关过六年。卢斯蒂戈一九六八年离开捷克到以色列，后又到南斯拉夫，最后定居美国，以讲授电影与文学为生，他的写作主要涉及犹太人的命运。卢斯蒂戈大概是目前活着的最优秀的捷克作家。

赫拉巴尔在小说《林中小屋》里写到过这位作家。每当卢斯蒂戈专心写作的时候，他的一群小孩子就闹翻了天。卢斯蒂戈没办法，只好提上篮子进城，买回满篮子水果和巧克力。他把孩子们叫到身边，指着一篮子好吃的对他们说："瞧瞧！你们的爸爸需要写作，而你们却闹翻了天。如果你们能够安静下来，这些好吃的全归你们了。你们怎么就得到好吃的？因为你们的爸爸一写作，就能挣到钱。可你们要总是像野兽一样吼叫，爸爸就没法写下去。请回答，你们又能得到什么？"孩子们亮起眼睛，异口同声地回答："得到个屁！"

我跨过电车的铁轨，又闪过一辆飞驰而来的"斯柯达"破烂轿车，走到马路斜对面，找见了焦街10号的蓝色老门牌。这是赫拉巴尔曾经工作的废纸回收站。

焦街距离瓦茨拉夫大街很近，走路不过十五分钟。赫拉巴尔当年从利本尼来这里上班，坐电车，我算算，单程怎么也得用掉四十分钟。

废纸回收站是在大街边一栋楼房的下层门洞里，现在成了停车库。我从铁门玻璃窗看进去，暗淡的灯光照见一个有天井的小小院落。院子一侧，车库。我想那就是原先拉运废纸包裹的卡车过秤的地方。在这小小院落的地下，赫拉巴尔的汉嘉将永久享受着"过于喧嚣的孤独"。他将一册册、一捆捆、一摞摞人类的经典，全都压紧打入废纸的包裹里，这些包裹流着汤滴着血，犹如一个个被抛弃到垃圾堆的早产死婴。真是天道不仁慈。最后，汉嘉自己把自己也打入到废纸包里。他应该是从黑暗的地下升入天堂，看见了光明。

废纸回收站原址旁边有座圣三位一体教堂和达代乌斯圣人雕像，赫拉巴尔都写过。我进到教堂旁边的长条小院，正撞上里面摊商大桶大桶地出售圣诞鲤鱼。每条鱼都有十几二十多斤。现买现杀，遍地血水。那么大的活鱼，张开的嘴可以嗛住小孩的一只拳头。天道不仁慈。

我在"金锚酒家"喝过，还放了一泡大尿。男人撒尿时面对冰冷墙壁的神情，我想一定是无辜而丑陋的，充满着虚伪的自责。之后，我顺着焦街走到一条弯曲巷子把口的"哈谢克酒家"。据说这个酒家里外都保留着传统的样子，哈谢克当年最爱到这里喝酒。店堂里人满为患，喧嚣沸腾，烟雾缭绕，水泄不通。所有人的衣服都挂在后背墙面的衣帽钩上。一个柜台服务员留着达利一样的翘胡子，他把用过的酒杯在水槽里一涮，动作麻利地打好酒，然后一推，酒杯便在台面上滑到一边。在这几秒钟的空闲里，他眼睛聪明地打量着顾客，一边用手指卷起他的胡子，似乎怀着什么坏点子。没有坐的地方，自己只好站着饮酒，而且是站在厕所门口，酒杯放在一条窄木板的高台上。我在"哈谢克酒家"连一小扎啤酒都没喝完，一个原因是连续喝，喝不动了。再一个原因，身边总有人挤来挤去撒尿，总有一股尿骚扑面而来。

又走回到瓦茨拉夫大街，拐一个弯，我看见一家百货小商铺，进去，发现里面还套着一间咖啡厅。我看见捷克著名的戏剧导演伊沃·克罗伯特正在那里坐着读报。大胡子克罗伯特是布拉格话剧俱乐部的艺术总监。他指导的剧场非常小，好像就是影院小映厅那么小，传统剧场样式，舞台在前，面对几排靠背座椅，或者说就是大剧场的微缩，顶多坐五十人的容量。我知道他主要改编排演赫拉巴尔的小说，著名电影导演闵采尔的影片，也是在话剧的基础上拍摄。除此以外，他们忠实原作，排演世界的经典剧目，比如品特、贝克特、尤金·奥尼尔。我下午还去拜访过克罗伯特先生，他带我参观了正在彩排的舞台。一看布景，非常写实，亲近观众，就知道戏剧的大体风格了，绝不是我们国内那些个插科打诨的不伦不类的试验探索玩意。克罗伯特先生同我谈话的这个下午，我又重新找回了戏剧艺术的庄严。现在，我喝得有点大，就不便同他再聊什么了。况且，我们下午已经认真地告别过，重复告别，也是尴尬。我要找到回去的路。我要回家了。

自己已经完全迷失在布拉格老城的小巷里，如同当年在拉萨的八廓街。有两次，几乎走到了住处，提前拐入一条巷子，结果又远离了住处，好像航天员在太空行走，身体完全处于失重状态，无力自控。

在宁静的巷子里，自己身前身后都有磕磕绊绊的醉鬼。单手扶墙狂嚎的，如同朝圣般匍匐在地的。我坐在街边，定定神，望到了一座教堂的尖顶。熟悉。它的那边是老城教堂的双子塔。我走，看见了双子塔。我走，到了老城广场。灯彩辉煌，要过圣诞了，都是纪念品和传统小吃的摊商帐篷。怎么下了大雪？地面全是花白的烂棉絮。这是圣诞效果。有棵树上洁白的灯彩，好像雪崩一般不停地飞速落下。整座城市好像一个大舞台，到处都有布景。我走，似乎知道了路。穿街走巷，最后，一抬头，啊，金虎酒家。我谨慎地走进金虎酒家斜对过古老的伯利恒教堂，看见耶稣失去血色苍白身体上的创伤，自己呆住了，彻底踏实了，霎时不敢再有胡闹的杂念。所有的道路，都得到清晰复原，猛然地拉直了。

天还未亮，我已经起来开始收拾行李。就要离开布拉格了。

我莫名其妙地非常想再走走查理大桥，到涂鸦墙下去寻找那

布拉格街头的涂鸦

棵什么树的一张叶片。我没有找到，而且也没有再捡到一张那么大的叶片。我的叶子在墙上，它是标本，它比标本还要虚幻，如同一张古老残碑的拓片。拓片还在，碑已化为齑粉。

自己从衣兜里掏出圆珠笔，在叶片剪影的中心空白，签上我怎么练习都写不帅的烂名字：龙冬，于 2008 年 12 月 20 日。

我用拙劣文笔说不出的，就寄托给这张叶片了。往后，谁如果去布拉格，有闲暇找到它，我会非常得意。

2009 年

未来属于赫拉巴尔

——2008年12月19日在布拉格查理大学中文系的演讲

各位老师，各位同学：

非常高兴被邀请来到这座有着六百六十年历史的著名学府。我原本设想，仅仅是来参观访问，要做"演讲"，实在不敢当。

那么，我就作为一名文学写作者和出版工作者，来报告个人的成长、受到捷克作家作品的影响和中捷文学阅读出版的交流情形。

谢谢苏珊娜·李老师的引见。谢谢罗然老师方才对我的介绍。

我来自北京。出生在一九六五年。

一九六六年，中国社会自上而下，爆发了大规模的政治运动和社会动荡，这就是后来持续了十年之久、闻名于世的"文化大革命"。我整个童年和少年时期，就生活在那样的年代。

我父母都是从事中国古典文学研究和编辑工作的。在"文化大革命"中，知识分子和机关工作人员都被"下放"，进行"劳动改造"，改造肉体和思想。

父母所去的乡下，生活艰苦，接受批斗，他们无暇自顾。我还有一个哥哥。我们就寄养在生活相对稳定一点的外祖母家和外祖母的姐姐家。

我们全家离开了北京。一段时期，分在四个地方，河南、湖北、山东的济南和青岛乡村。

拿空间距离开玩笑打个比方，我们全家离开了这里，父亲在瑞士，母亲在意大利，哥哥和我在罗马尼亚。哥哥在布加勒斯特，我在康斯坦察。

我流动的童年和少年，影响到自己今天，身体思想都不凝固，喜欢玩，喜欢冒险，喜欢陌生天地。这些，在我生活中作品中都有突出表现。

身体和头脑已经习惯了不安定的状态，这对一个孩子枯燥的课堂教育必然发生影响。个人还不太笨，可是正规的学校教育，到高中毕业就结束了。

所以，请大家放心，我的学历永远也不可能比在座的更高了。

后来，我做过许多工作，包括在一家考古研究单位当工人，修缮房屋、整理古物。在书店当过店员。

我的文学写作自修，得到过几位老师的指导和帮助，其中最有名望的是中国伟大作家沈从文先生和汪曾祺先生。因为我父母的职业关系，我从很小就见到、熟识中国不少大名鼎鼎的诗人、作家和学者。

但是，我二十六年来的主要工作，还是围绕着书籍和出版，业余写点小说、散文和戏剧。我早已是陷落在书籍的尘土中了。其间，曾经在西藏从事过近两年的新闻工作和旅行写作。我现在的职业是出版社一名图书编辑。我所供职的中国青年出版社，是一家很大的出版机构，相当于你们曾经的青年阵线出版社。我编辑出版的图书，以文学作品为主。我同捷克民族的结缘，正是源自我的文学阅读和出版工作。

一九九一年秋天，自己在西藏工作了一年，回到北京。猛然觉得，家乡变了。城市夜晚灯火明亮，喧嚣不休，就连饭局酒桌上都充斥着交易。城市同人似乎陷入到物质竞争的泡沫里。

沉郁的寂寞裹缠着我。私心打算，是不是应该认真地写写小

2009年，捷克驻华大使格雷普尔为本书作者颁发马萨里克铜制纪念章

说了？只有文学创作能使自己莫名的烦躁同茫然得到平息，使自己的念想有个归宿。我想迅速地进入到良好的写作状态，可如何也写不出内心理想的小说。

在万般无奈的喧嚣之中，想到家里收藏的一整套中国社会科学院外国文学研究所编辑的《世界文学》杂志。自己静静看，逐期逐篇看，暂时把写作的事情忘记了。

好像是在同时间赛跑，到一九九二年底，几乎读完了自一九七七年复刊以来所有的《世界文学》。一九九三年，我等待着新的《世界文学》到来。就在当年的第二期上，读到老翻译家杨乐云女士的一组译作，是博胡米尔·赫拉巴尔的代表作《过于喧嚣的孤独》和两个短篇小说《中魔的人们》《露倩卡和巴芙琳娜》，及一篇"创作谈"摘录。

现在，这位经典作家已经被汉语世界认识到了，并且得到相当范围的接纳。

关于这位作家同他的作品，常识无须赘言。但我要说，他是一个功夫坚硬、技巧娴熟，却又琐碎零乱、天马行空、充满闲情逸致的作家。他的看似"无用"的"闲笔"，运用自如，恰好地衬托着"气氛"和"意境"。气氛和意境，也是内容。并且，我猜想他的语言也是内容。

他是一个始终生活在社会底层、关注现实、哀伤文明变异毁坏的幽默作家。他写底层，但他的艺术精神气质却保持着优雅高贵的诗意，这一点非常重要。

他丰富坎坷的人生履历阅历，尤其让我觉得亲切，因此，让我在阅读之先，就对他发生了浓厚的兴趣。我预想，他的生活启示，一定会对今天中国写作者产生影响。

上面这些内容，自己长时间怀在心底，感受着饱满的自信。我可以开始自己的写作了。一下子就写出中篇小说《驼色毡帽》和《戏剧零碎》。这两部作品，我说自己是从"抄袭"赫拉巴尔而来。

我以往的写作，在外国作家中，阶段性地深受高尔基、海明威、查利·卓别林、普鲁斯特、波德莱尔、阿索林、尤金·奥尼尔、契诃夫、索尔·贝娄、乔伊斯等人影响，受到《圣经》影响。然而，赫拉巴尔，我则将他视为自己"终生的师傅"。他出生于一九一四年，中国和他同龄的作家，以至迄今还在写作的人中，我还说不出谁比赫拉巴尔更好。

我的《驼色毡帽》开头："三个月了，从九月到十一月，已经整整三个月的时间，我头戴一顶脏兮兮的驼色毡帽在都市的大街小巷游荡。"然后,叹息一般地接连重复"三个月了"的叙述调门。

再看赫拉巴尔的《过于喧嚣的孤独》开头:"三十五年了,我置身在废纸堆中,这是我的 love story。三十五年来我用压力机处理废纸和书籍,三十五年中我的身上蹭满文字,俨然成了一本百科辞典……"

当然,自己的学习是深层的。它来自我对一个作家思想和人生选择的理解。

自己顺手写出来的小说,一篇到了《大家》杂志,另一篇出现在《收获》杂志上。

《收获》隶属于上海市作家协会,是中国当代文学最为优秀的专业期刊。它的前任主编是著名作家巴金先生,现任主编是巴金的女儿李小林女士。李小林女士不是作家,也不是批评家,她默默无闻。从她所主持的《收获》杂志,可以判断出,她是一位对作家作品有着极高鉴赏水准的人。

至少自己这两篇习作,同赫拉巴尔刚开始在中国的命运完全一样,没有得到相应认识。我是职业编辑,想到的就是把值得推荐的好书给予出版,况且自己还不满足仅仅读到那么一点赫拉巴尔。

这就到了一九九七年。同事和我经常聚在北京胡同的小酒馆里，我们东张西望，各自都隐蔽着内心美妙的出版欲望。最终，我拿赫拉巴尔当下酒菜，把自己感动得鼻腔酸热眼睛泛光。正是这一时分，已经下半夜了，我豪情万丈：出版赫拉巴尔！

我并非徒有激情的人。在充分的准备之后，得到出版社的支持，可以开展工作了。

我跑《世界文学》编辑部，译者杨乐云女士退休出国。跑中国社科院外文所，东欧室取消了。我找到捷克文学专家蒋承俊女士，她说赫拉巴尔的组织翻译有很大难度，若要找人，国内非刘星灿女士莫属。找到外国文学出版社，刘女士退休了。最后，终于得到刘女士的电话。那一次会面，我们都有相见恨晚的感觉。

接下来，我历经艰辛，寻找版权所有者。刘星灿女士担任主编，组织国内外仅有的几位捷克文学翻译家杨乐云、万世荣和劳白开始工作。但是，问题又出来了。刘劳二位必须出国帮助女儿照料新出生的孩子。就是在这种远隔大洋十分不便的情形中，我们用去了七年光阴，将赫拉巴尔八个代表品种陆续出版，它们是《过于喧嚣的孤独》《底层的珍珠》《我曾侍候过英国国王》《巴比代尔》《婚宴》《新生活》《林中小屋》和"谈话、小品、札记选"《我是谁》。

高尚的读书界认可了我们，许多媒体也关注了我们。台湾大块出版公司从我们手中购买了中文译本版权，赫拉巴尔自此在台湾岛声名鹊起。

现在，赫拉巴尔的部分单品种在中国大陆印数过万，逐步在相当广泛的层面和范围产生影响。继米兰·昆德拉之后，赫拉巴尔的引进出版，的确又一次掀起了捷克文学阅读的热潮，并且也带动了克里玛作品的引进出版。

二〇〇六年，我还邀请杨乐云女士等译者，推出了雅罗斯拉夫·赛弗尔特的回忆录散文集《世界美如斯》。

去年，是赫拉巴尔去世十周年。为了纪念，也基于一个良好出版选题的充实和延伸，我再次邀请老翻译家杨乐云、万世荣、刘星灿和劳白，推出了赫拉巴尔的《河畔小城》，其中包括作家最为重要的三部"自传体"长篇小说《一缕秀发》《甜甜的忧伤》《哈乐根的数百万》。

现在，刘星灿女士正在编译马扎尔先生的"赫拉巴尔的一生"，我们计划明年年底出版。

在赫拉巴尔热爱的不多的几位伟大作家中，他经常提起中国先秦春秋晚期的老聃。赫拉巴尔的思想和写作，也深受老子《道德经》的启发和影响。

或许，我们眼下世界已经到了应该用心读读《老子》的时候了。

说到理想的出版，我个人以为，出版是表达，更是创造，如同个人写作。

鉴于止水。出版工作非要安静地用心用力不可。出版固然要依靠商业运作，但它更应当成为精神生活的别样充实，凝固而流动。

柔弱胜刚强。在一个物质的经济的科技的世界里，文化工作首要的或许恰恰相反，智慧同诗意似乎特别重要，放大去看，作用于人心长久。

所以，一个称职作家，永远也不要忽略社会现实同人性心灵珍珠般的微光，要有顺应自然、身体力行的恒久信念。甚至，可以挣脱技术因素的制约，让作品自由飞扬。赫拉巴尔的中国出版，正缘于此。

世界上各个民族间的种种差异是存在的，各自选择着适合自己发展的进步途径。但是，人的情感审美又是大同小异的。

中国的文学阅读，对捷克作家作品并不陌生。半个世纪以来的翻译出版，从哈谢克的《好兵帅克》到赫拉巴尔的《过于喧嚣的孤独》《河畔小城》《严密监视的列车》。还有聂姆佐娃、哈谢克、扬·聂鲁达、马哈、卡夫卡、恰佩克、昆德拉、赛弗尔特、克里玛、哈维尔。还有，狄尔、艾尔本、杰赫、依拉塞克、别兹鲁茨、奥勃拉赫特、奈兹瓦尔、德尔达、萨波托茨基、马莱克、玛耶洛娃、普伊曼诺娃，等等。

我所在的中国青年出版社对捷克文学的介绍，有着久远的传统和延续。上世纪五六十年代就出版发行过伏契克的《绞刑架下的报告》，介绍过一些作家的短篇作品。

这些译文都讲究准确，特别是优美流畅。译者杨乐云女士曾经对我讲："一个好的中文译者，首先汉语要好。"反之，一个捷文译者，首先本民族的语言要好。否则，会给阅读带来极为不良的干扰。

个人顽固地认为，文学翻译本身就要失真的，是一个"丢失"的过程。而译文阅读，又让读者在时间和空间上产生错觉，比如说卡夫卡，我一恍惚，就把他当成上个世纪晚期的作家，他开始影响中国，就是上个世纪的八九十年代。我今天感受的布拉格，恐怕早已不是卡夫卡的布拉格了。

因此，翻译作品，只要不失大体，语言的流畅和情绪的准确，似乎更为重要。

此外，翻译引进作品，最好避免同它的原文初版间隔过久。世界各国、地区、民族的文学经典，多数在中国都得到了引进和介绍。我想，中国今后的文学引进，完全可以把选择的目光和精力投向现世优秀作家的新作，以增进此时此刻情感的真实交流，而不局限于对一个民族文学发展历程的单纯认识。

我了解到的也有局限。捷克翻译中国古典名著较多，有蒲松龄的《聊斋志异》、施耐庵的《水浒》、李白的诗集、白居易的诗集、关汉卿的戏曲《窦娥冤》、孔尚任的戏曲《桃花扇》、吴承恩的《西游记》、明朝的中篇小说、曹雪芹的《红楼梦》、沈复的《浮生六记》和近代作家刘鹗的《老残游记》，现代作家鲁迅、曹禺、巴金、孙犁等等，还有藏民族的民间文学。这些都是优秀的作家作品。

中国文学历史悠久，民族民间文学丰富，积累的好东西太多了，地下还不知埋了多少。我相信，它们是对世界文学的巨大贡献，个别也会产生普遍影响。

中国现当代作家作品的捷克译本，我知道的还有郭沫若、冰心、丁玲、老舍、艾青、阿英、茅盾、草明、赵树理、周立波、田间、贺敬之、陈登科、孔厥、丁毅，等等。我个人看法，其中也受到当时两国政治和社会环境的现实影响，一方面起到了文化交流的作用，一方面也确实多少存在着贴近政治现实和文学政策的功利考虑。我前面所列举的捷克作家，恐怕也有这方面问题。

但是，捷克民族优秀的作家作品，的确充实了我们的出版和阅读，推进着我们的思考。然而，对中国作家专业创作发生较大影响的，还是卡夫卡和米兰·昆德拉。

我预测，在未来影响巨大的，将会是赫拉巴尔。我毫不怀疑赫拉巴尔在中国文学创作界和读书界即将产生广泛影响，正如我在十几年前对赫拉巴尔的引进所抱有的信念。

这一点，现在已经初露端倪。从众多作家的言谈和文章中，赫拉巴尔这个名字出现频繁，已经不再陌生。由他作品改编的多部电影，也在一定的范围流行。从网络搜索中，也不乏"赫拉巴尔谜"的无数发言显示。

有位优秀作家何立伟先生，我上个月在湖南长沙见到他，知道他非常推崇赫拉巴尔。他不仅自己购买了已出版的全套《赫拉巴尔精品集》，另外还购买了一套，作为礼物赠送给他的儿子。

还有，一些作家聚会，大伙举起酒杯，往往第一句话就说："赫拉巴尔（喝了吧）。"虽然搞笑，确实也可窥见中国作家对赫拉巴尔的热情。

引进文学与输出文学，对作家作品偏向的政治或主流功利选择，我的态度始终是消极的。

"文化大革命"结束后，中国推行改革开放三十年间，尤其上世纪八十年代中后期，对于捷克文学的引进，也参照着贴近人性和艺术的标准，讲求思想深沉冷静，所以对于优秀作品和作家的翻译选择，可以说把握得相当准确了。

大家是学习、研究中国语言和文学的。我想仅就中国现当代作家作品，发表一个意见，给大家一点阅读建议。

列举几位值得关注的思想感悟和人生经验深刻的中国诗人和作家，他们作品的形式语言纯美，在中国具有深远的艺术代表性。

他们是，周作人、郁达夫、沈从文、废名、萧红、张爱玲、徐志摩、戴望舒、丰子恺、汪曾祺、白先勇、高行健（已经加入法国籍，二〇〇〇年度诺贝尔文学奖获得者）、钟阿城（阿城）、张贤亮、张承志、王小波、王朔、海子、顾城。

这个名单是非常齐啬的，现在只有六个人在世。其中五位作家的写作纯粹属于现代文学范畴，而其他，或在当代，或创作生命依然顽强地在当代得到潜在的延续（比如，沈从文的大量书信和日记或古代物质文化随笔）。

这些作家，在捷克有翻译吗？如果没有，那么，捷克读者还不能认识到中国新文学的深邃和美丽。

最后，言归正传，你们如果有机会到北京，一定来找我玩。

预祝圣诞节快乐。

（根据提纲整理）

二〇一一年十月的捷克日记

3号。周一。第一天

中午准点到达。行李却落在了莫斯科。午后的巷子似乎已经是醉态了，迷离，恍惚，摇动，不知所往。街名是安奈斯卡（ANENSKA），住在13号，也是布拉格1区老城区的220号房子。在黄房子的三层，从西边（左边）数，第三四五窗口。三四是客厅。五是卧室和写字间。同苏珊娜（李素）从下午喝到夜晚。

4号。周二。第二天

街灯的黄光照亮着对面伸手可触的楼体，自下而上地照亮，如同壁炉的火光映亮着站在它旁边说话的人。天上有一粒星光，在老楼的夹缝中，一副瘦弱样子。这就像是另一位久远以前作家的故居。进门那架老牌缝纫机，因为我的过于好奇，在夜间掉下一个抽屉，地板发出巨响，整个布拉格老城的居民都被吵醒了。还是黎明装卸啤酒桶的滚地声音，扫街吸尘小车的不断的哮喘。本地人都沉默着走过去。石块石钉的路面，尤其让年轻女人的鞋子不能施展，她们只能紧盯路面，在二十公分宽的长条石块路牙上匆匆走过。怀着隐情。老人的单拐和双拐。这样的道路，让人不得不低头思索。查理大桥的黎明。钟声不停地敲响。七点灯熄。早先的涂鸦墙已被覆盖。帝王酒店十步距离。那个留言小画的本子，还是它。画在里面。格瓦拉的酒家。吃过就闹肚子。所有的机械都可以作为艺术品摆设，缝纫机头。中午同李素到一家著名咖啡店吃饭。胡斯像下见徐晖。晚上在他家用饭。洗衣机都是英文，艰难地上网逐一查找翻译，旋转，熨烫，减少时间，额外冲洗，选择，冲洗，洗，抗皱，停止……这就是人生。

5号。周三。第三天

　　早上出门，六点，天还不亮。为赫拉巴尔的废纸回收站拍照，然后超市购物。一大堆吃的，水果，熟肉，饮料，面包，奶酪，三文鱼和酒，合人民币不到二百元。老古玩店的主人不在。是他的儿子。打扮得如同他的父亲，都是大胡子，白了的。儿子和父亲，为了一个古玩店，形象如同两个爷爷。古玩店的人就是要老气、成熟、可信。仿佛永远生活在遍布蜘蛛网的暗室里。徐晖来接，到画家陈杰的古玩店和其他古玩店。下午城市北部的森林里采蘑菇。晚在民族大街川王府火锅。徐晖一家和画家陈杰。黄昏车过鲁道夫美术馆，听到音乐学院的窗子里传出管乐，是《马刀进行曲》。回忆到三年前，马扎尔带我们神秘地找关系，直接上到鲁道夫的楼顶，俯瞰自焚青年的广场和德沃夏克立像。我们就是摸摸先贤们的硕大鞋子。巷子里流水一样的游客，下学的小孩子。喧嚣与孤独交错存在。

6号。周四。第四天

民族大街上购书。中午李素来见。午饭在素菜馆，谈。后到一家老式酒家。一个人醉酒，在抽烟，望着斑驳的天花板，嘴巴嚅动，而后在桌子边双手弹钢琴。下午，过桥参加欢迎刘星灿、劳白的座谈会和画展。

7号。周五。第五天

上午同亚娜到市图书馆。一人逛街，16500克朗购得两件艺术品，牙雕和石雕。中午在瓦茨拉夫大街中餐与亚娜见面吃饭。带其到赫拉巴尔废纸回收站参观。晚到李素家吃饭。步行到瓦茨拉夫大街。

8号。周六。第六天

一早到城市东北角的废弃工厂逛旧货地摊儿。中午同李素及她两个女儿安妮和爱玛乘火车到宁布尔克参观。时光静止的小城。赫拉巴尔一家的河边旧居，他五十年代初居住。又到啤酒厂。小小的车站。老旧列车刹车时刺耳的金属声响，让我回到自己的童年里。冷。风大。雨。晚归。步行瓦茨拉夫大街购衣物 5000余克朗。

9号。周日。第七天

一路雨。到德累斯顿。同行徐晖韩葵夫妇和陈杰。开车沿拉贝河往西北，经乌斯季。一座战后碎片拼贴的城市。在金色阳光里。晚赶回布拉格，在陈杰家吃炸酱面。买一个瓷器小兔子。陈杰赠一银制叶片盘。

10号。周一。第八天

今天可是绵绵的细雨了。小巷子里总有门响，然后不知道从哪个门洞里出来拖着大箱包的人，哗哗啦啦走远。徐晖开车到克拉德偌钢铁厂，总也找不到大门。小城。到利吉采村庄和墓地。

中午在越南村吃米粉。见两个温州的小商品和鞋子批发商。细雨。下午回住地。洗衣。上街购鞋两双，7500余克朗。

11号。周二。第九天

上午购食品。便宜极了。这边一百元，到北京要五六百元。西红柿都是绵绵相连的，发出刺鼻的香气。没有假货，肉就是肉，菜上还有虫眼。开始上街，背着包，拿着相机。后来，相机放在包里背着。再后来，相机和手表都丢在住地。现在，包和相机、手表都放在房间里，出门只有手机和钱包，当然，护照要一直在身上。窗下巷子里走过的游客忽多忽少，来了，吵得烦人。没有他们的声响，又安静得怕人。只能如此解释这个现象，他们往往是在老城转迷路的游客。整个下午沿河流右岸往南步行。看到市民的生活。乘地铁返回。购戏票。《芝加哥性变态》。晚到瓦茨拉夫大街一侧的街里剧院观戏，四个演员，两男两女，表演一流，心中没有观众，只有自己的角色。观众笑声不断，时有掌声，谢幕六次。剧院是上次来过的，地下一层，能容纳观众百多人，进门是剧场的二层。典型小剧场。都是写实场景剧目。

12号。周三。第十天

在家。痔疮犯了。不敢多走动。粉尘样的雨在窗外总是飘，到下午才没有了。下楼出门右手走，几乎直直出了巷子，过马路，正是斯美塔那博物馆和他的坐像。查理大桥上面真够热闹喧哗，知性美女多得让人眼花，她们身旁总有异性伴同，完全无从亲近。圣人雕像的手上落着鸽子，圣人因此显得非常悠闲，鸽子在圣人手上也得到片刻栖息。饭后散步两个地方玩，输输赢赢，至此共输4000克朗。瓦茨拉夫大街的广场上，瓦茨拉夫骑马铜像，当地华人俗呼：大铜马。

13号。周四。第十一天

好天气来了。傍晚的斜对过巷子口，总有个老酒鬼坐在墙脚防护石墩上，脑袋耷拉着，眼睛望到地面，一瓶啤酒攥紧在手中，用力地压进胸膛里。他的脚边丢着两三个空酒瓶。他的棕黄色的皮鞋，系带松开着，已经破烂不堪。三年前他就是这样。我走过他，吹声口哨，给他几克朗，他痴呆地对我讲很多话。他酷似海明威。距离我住处一百多米，左手穿过小巷，就是哈维尔图书馆的一部分活动场所，也是一处酒家。　晚上的活动是纪念托尔斯特出版社成立二十周年。这个系列活动有三场，第三场是我的朗读会。该出版社仅两人，外加外聘编辑。委托发行。发行商占到百分之四十八。作家一次性稿酬和版税百分之十两种选择。每年出版二十个品种，全部是本国作家和诗人的作品。每次首印几百册不等，能达到上千册就是很好了。最近几年出版一个写蒙古的女作家的小说，首印两千,五年内总共发行两万册。每年利润80000 克朗，折合人民币两万到三万。这里书价比中国贵三倍以上。感谢读者吧。但是活动人多，转场到对面一酒家，是布拉格作家诗人聚会的最重要场所。每天经过无数次，但不知道。一会，活动结束后的人都涌进来。同托尔斯特老板维克多谈。同一些人谈。见到著名作家托波尔先生。不断有人来握手寒暄，又推辞家里或其他场合有事，不断的握手告别。我似乎是这里的名人。大家都知道从中国来了一个"龙"。"地下"作家群体还在，曾经是政治意义上的，现在则是非主流的，不屈从任何写作，特别是商业的写作。所谓"地下"，因为他们大多聚集在酒家的地下交流写作和感情。布拉格的酒家，包括戏院、商店，多有为了扩大空间，只好向地下发展。这些"地下"作家谈到，克里玛是非常好的作家，特别是他的语言讲究，但总体上他不是一个有突破的作家。卢斯蒂戈很好，但他的《白桦林》并不好，他有很好的作品。昆德拉是个知识分子，但他是个"作秀"的人物，我们非常讨厌他。赫拉巴尔曾经说，好的文学，如同手帕里包裹着一个刀片，在你擦鼻子的时候刺痛你割伤你。一九八九年，赫拉巴尔在意大利，有人问他，你们东欧变革了，人群将会像热水涌过来。赫拉巴尔回答说，你们不必担心，我们是温水，也就是一泡尿的温度。中午同李素在鲁道夫宫附近吃饭，然后休息，下午约在金虎酒家见面，结果偶遇马扎尔先生。大家很快活。也见到一位来自摩拉维亚的作家。他要开车三个小时返回，急匆匆走了。

14号。周五。第十二天

德沃夏克博物馆附近，拜访汉学家、东方艺术学家、捷华友协会长乌金老师。在她的家里，度过了愉快的半小时。话题也涉及沈从文的中国古代服饰研究。

金虎酒家

中午在帅克酒家吃饭。到穆赫博物馆参观，又参观家附近小博物馆，都是非洲渔猎内容。午后在家休息。散步瓦茨拉夫大街和查理大桥。又看了一部闵采尔的影片。音乐。字幕缓缓上升。我发现自己微微地左右摇头。它好得让我无奈。自己这样的表现，似曾相识。想起了，在酒家的许多座位上，总有这么一个已然喝多却总在聆听别人谈话的家伙。那些语言因所谈艺术和哲学而优美，他眼睛盯着自己的酒杯，似乎非常伤感地轻轻摇着脑袋，沉醉其中。

15号。周六。第十三天

艺术特别是小说、戏剧、诗歌，曾经是，现在是，未来还是，唯有"地下"能够得以滋生。如果一个人他受过良好的教育，又足够刻苦，并且见过世面，加上一点感悟，那一定会比多数作家写得好，一定的。面对流动，有作家缺乏勇气。多数作家追求凝固，追求人生的利益换算得失，算到底，都是个空。因为不会外语，长时间不说话，所以国语也痴呆了。今天一上午总是莫名念道：生产队里开大会，社员们把泪催。什么意思？费解。我理想的文学，

著名汉学家乌金女士

不是热闹场所，不是新闻事件，不是大卖场，不是社会调查和宣传，而是三五个文友的倾心论道，是各自在生活中去劳动。文学，是生活的一部分，又是内心的全部。对于国产作家，最令人不堪者，就是"作家意识"特强的作家。天不冷，女的头顶一个球球帽，男的围个花花围脖。这仅仅是表面现象，内里更丰富。只要遇上开大会，都是兴奋异常，如同注射了鸡血。我在这里所见作家，就是生活中人物，大家平平淡淡。国产作家，其实多可成为作品中人物。中国作家培养，"说明文"学得多，"记叙文"也学得多，就是描写与抒情基本不学。所接触到的老外汉学家，多注重语言。结果，中国大多名人作品反倒没有语言。当爱情已成往事，当环保已成往事，当政治已成往事，当纠结已成往事，当宏大已成往事，当什么什么都成了往事，那就只有回忆了，因为"裆下"宁静，如远山的密林。小说，戏剧，诗歌，在回忆中，在密林里，只有语言的力量能够发现他们，推动他们。从民族传统中，从"裆下"生活里，甚至可以从翻译的精致的语言层面，从这些寻找语言。语言找到了，基本就找到。这话对于那些"茅奖"作家近乎嘲讽，但对于自己，却是鞭策。伏尔塔瓦河畔过了一周。心里忽然有所生长，那就是：现代意义的，特别是小说、戏剧、诗歌，怎么写？

如何表述？国人永远玩儿不过人家，因为气氛不同，空气不同，气质不同，触目所见不同，心中距离远近不同。还是要从自己的传统中找寻。这里也许可以借鉴，但不是窝在中国一隅，从书本上的借鉴。语言！ 宁布尔克小城的拉贝河畔，赫拉巴尔青年时代深深陷入在失恋的忧伤中。河水带走什么，留下什么？他经常坐着或站着的地方，今天猫们凝望河水，似乎成为了哲学家。陪同我到宁布尔克小城去玩的两个孩子，一个是安妮，一个是爱玛，一个十二岁，一个十岁，她们还没有读过赫拉巴尔的作品，但是她们都知道捷克的这位著名作家。去和回，下车步行进入小城和出城，风很大，雨也很大。打着伞，衣服都湿了。小狗也在发抖。可是小城里的时光，太阳金黄耀眼。在《河畔小城》里，赫拉巴尔的回忆永远停止在宁布尔克小城，特别是他童年少年时代整天生活的场景——啤酒厂。今天，在酒厂门口，依旧聚集着一群小城酒友，他们用手风琴伴奏，几个年老沙哑的嗓音给人甜甜的忧伤。作家生活过的"长房子"隐藏在杂草灌木中。酒厂的烟囱也在安静地等待一个少妇的攀爬。

上午同徐晖、韩葵去赫拉巴尔晚年的公寓。赫拉巴尔在布拉格的老住房因修建地铁站而拆迁。之后他住到不远的一座公寓楼五层 37 号。这里距离城市中心乘车不如过去便利，单程要用一个小时，并且有些路还要"腿儿"着。推算一周能和朋友聚会一两次就很难得了。这样的生活持续二十余年。他的重要作品几乎创作于他最后的二十多年。寂寞诞生伟大作品。是在 14 路车站的终点站附近。

然后又到克斯科森林，找到小屋、墓地和酒家。再次踏访赫拉巴尔在布拉格近郊克斯科森林里的木屋。公交车站就在林间小路的路口。他的家族墓地和经常光顾的林间酒家。

中午在森林小酒家吃饭。同徐晖赶往捷克南部靠近德国和奥地利的克鲁姆洛夫小城。世界上任何地方都是一样地被"历史名胜"的"旅游胜地"败坏着。一座城市，居民没有了，生命也就没有了，完全如同盆景，如同景观的微缩。城镇白天喧哗，入夜冷清。所有的建筑物都无非是旅游商品铺面、餐馆和旅店。没有真实的人的生活，多美的景观也是虚幻。晚饭在北京餐馆吃面，然后到酒家喝红酒。住小店阁楼。

本书作者在赫拉巴尔家族墓地

16号。周日。第十四天

上午逛店，购一葡萄玻璃瓶，500 克朗。中午到皮尔森啤酒厂吃饭。下午赶到卡罗维发利。卡罗维发利小城。国际电影节的一个主要地点。同克鲁姆洛夫古城一样，全是商铺酒家旅舍温泉疗养。居民们在喧哗的边缘。晚回到布拉格。在越南小店吃米粉。

17号。周一。第十五天

对欧洲，也感到困惑。时间短，若长些，我的批判和愤怒一定会发泄出来。上午洗衣。中午后出门乱走。斯美塔那博物馆。在赫拉巴尔家族墓地。许多游客到作家的森林小屋朝拜。这些地方很少见到中国人，包括饭店、酒家和博物馆。可在名胜景点，在繁华大街，在大型商场，在街边小食摊，几乎是中国人，至少错觉抬头就是中国人。一方面说明中国人出国多了，同时说明中国人还不大会玩儿，主要是盯着照相机显示屏蹲下弯腰和购物。但是，昂首挺胸，倒背着手，穿西服，脖子上拴挂个布条条的，这类中国人，他不照相，他身后有三两个跟着的人给他照相。这类人还总喜欢站立于景点"险峰"，面前好一派无限风光啊。真想从后面一脚把丫踹下去。

最好的阳光越过楼顶照进了天井。隐约听见外面喧哗的游客涌进小巷。出门围着住处转一圈，河流，桥，熟悉的酒家，今晚约见朋友的场子……见鬼，迎面就撞上了酒鬼"海明威"。他正站在巷子里吃饭。大概是中饭，或许也是晚饭。给他20克朗。他终于同意为他拍照，并且示意等一下，他要拿个姿势。斯塔热·莫斯托小巷10号日特佐渥酒家（老城一区244号）见李素。这是布拉格真正意义上的作家聚会场所。

18号。周二。第十六天

搭车。老王。到布尔诺。一个并非旅游的城市。衣装不讲究。城市中心是菜市。购买大衣毛衣鞋子和象牙小盒及手镯。下午到奥斯特里茨古战场。到瓦尔季采品尝葡萄酒。晚宿布热茨拉夫。摩拉维亚的布尔诺。啤酒厂。赫拉巴尔出生在附近的一个小城里。他的继父是布尔诺啤酒厂的会计。不久以后，他们搬到宁布尔克啤酒厂。赫拉巴尔的继父任宁布尔克啤酒厂总管（经理），其规模比布尔诺啤酒厂小多了。一八〇五年。奥斯特里茨战场，今天是如此宁静。鲜血浸透的土地，生长着大片大片的甜菜和别的什么农作物。捷克南部边境地区小城瓦尔季采。理解了赫拉巴尔的"时光静止的小城"。走过的小城，都如同他成长的宁布尔克，三两层小楼，多为平屋，城市中心一座教堂，一处小小广场，广场中央立着避瘟柱。白天晚上，街上少见行人。天黑了，人家窗子遮蔽着白色纱帘，隐约透出闪闪烁烁的蓝光。这里看电视，多爱关灯，猜测都是节俭的老人枯坐在屋子里。

19号。周三。第十七天

到维也纳。购买象牙烟杆。夜里大巴归布拉格。走的是苏赫多尔一路。遇上音乐，又不能免俗拍照。此前住在捷克南部边境时光静止的布热茨拉夫小城。什么叫"时光静止"？青年出走远方。老者蹒跚归家。昼夜少见行人。天一黑，许多窗口白色纱帘里隐隐透出蓝光，忽明忽暗。水面上的鸭子独自打转。一辆小车从街巷悄悄开出，在街口停顿一下，然后猛然起步转弯，声音尖利地跑远。

20号。周四。第十八天

　　总也不明白，今天明白了。为什么国外的戏剧剧照，同生活场景和人物是一样的？为什么中国话剧的剧照给我完全不一样的感觉？明白了。我们的艺术家有着巨大的"文化创新和创造能力"。什么是戏如人生、人生如戏？这话也是秀。维也纳的一家老咖啡馆。总觉得国外许多戏剧，舞美布景和人物情形，同这个真实场景难以区分。这就是戏剧的力量。哈哈，也是生活的优美姿态。上午在家准备晚上活动。洗衣。中午出门洗衣。乱转。见到卡夫卡像和第一次来吃饭的地方。乘地铁到帕莫夫卡。赫拉巴尔和他妻子住了二十多年的房子因建地铁站被拆除，原地围起了一道赫拉巴尔纪念墙。门洞还是原先的门洞。他故居的纪念牌嵌在门前的马路上。小巷的变化不大。房子多数老旧。刚刚一个人乘地铁出行。布拉格城北部偏东的8区地铁帕莫夫卡站，是赫拉巴尔五十年代至七十年代生活了二十年的地方。他的重要作品《婚宴》《新生活》《过于喧嚣的孤独》，内容多涉及这里。离他住处步行五分钟的犹太小教堂，是他短期劳动的地方，拆卸教堂内的木地板。这条小河，是赫拉巴尔与妻子散步的地方，他的话语滔滔不绝。桥畔破败的大饭店，在上世纪五十年代可是一处景观。这些，在他作品中都能找见。为什么总见到圣贤的脑袋上都是鸟粪？布拉格8区利本尼的小宫堡，这是赫拉巴尔结婚的地方。婚姻的仪式就在这里举行。可以对照老照片和作品进行辨认。赫拉巴尔被迫离开市中心的废纸回收站，只好到家附近五分钟路的诺依曼剧院当布景工。这是诺依曼剧院的今天下午。现在主要是放电影，也有戏剧演出。赫拉巴尔在利本尼居住和劳动期间经常光顾的小酒家。我进去喝一杯。没有坐的地方，只好坐在吧台上。酒客们都知道大作家赫拉巴尔，跳舞男女贴画的小门两边是他的座位。也知道我从中国来。但他们不知道我跟老赫的关系。临走，一个紫色毛衣的老人示意我拍下墙上的壁画，说那是"欧德"，酒家早年的老样子。晚饭见李素。然后朗读交流活动。在老房子里，站起来一走就晕眩，原来地面是倾斜的，好像要掉下去，小心翼翼。

晚饭在附近作家小酒馆吃。然后地铁四站到一家半地下酒家朗读会。作家马扎尔、著名戏剧导演克罗伯特的两位公子和艺术学院戏剧系的维克多。这支赫拉巴尔使用的笔，也许有人会认识到它的珍贵，马扎尔说，它属于你，将永远留在中国。有三十人参加活动。乌金和格雷普尔夫人也来了。一个真正作家，一个有尊严的作家，一个创造的作家，一个负责任的作家，一个有良心的作家，他必须拒绝体制一切，开大会，挂红花，学习班，市场诱惑，权力诱惑。他最好到小酒馆去，地下或半地下。他应当去劳动，挣到最低的生活费用。他必须认识到：写作，是寂寞的，无比艰辛。写作生活，是自己的选择。不读这样的书，不写这样的书，不出版这样的书，不买这样的书。让莫名其妙的垃圾图书大卖场消亡。让生产出版的总体攀高数量降下来。涉及读书的事情，乃晓月清风，孤独寂寞。谁想算笔账，我们单品种图书的平均印发量和质量，恐怕远远不如捷克。几乎是垃圾！在捷克，没见到一个优越的作家，但他们创造了贡献给世界的优越的文学。小的是美好的。说话小点声。小出版社。小书店。小首发仪式。小签售。小座谈会。小聚会。小书。小收益。小乐趣。小局小酒。人人小，幸福大。小的我就是这样梦想。一家半地下"读书"小酒家咖啡厅里的朗读会。这个中国人非常可笑。半个窗子很谦卑地迎进路面的灯光，传来车辆的滚动。每到会心处，一屋子人笑了，外面无数行人的脚步匆匆迈过，也在哈哈大笑。两处笑声，各有各的可笑，却笑在了同一时刻。这个中国人的西藏故事非常可笑，他的布拉格散记也很可笑。他于是站起来，用藏语和汉语念了仓央嘉措的诗歌。意犹未尽，他又用藏语唱了两遍。他热爱这样的文学小环境。

21号。周五。第十九天

捷克外交部相当于副部长的格雷普尔先生（原驻华大使），坐公交车上下班。因为脚扭了不便，早上夫人开辆沃尔沃小车送他上班，下班再去接他回家。格雷普洛娃女士送老公上班后，接上我和另一位朋友，开车近两小时，赶到哈弗里奇库夫布罗德参加每年一度的捷克第二大书展。她花钱停车，自己买早餐，买门票。捷克哈弗里奇库夫布罗德的书展，每年十月的第三个周末举办。每年邀请一个外国作家，去年是奥地利，前年是俄罗斯。总统也来参加活动。是在旧时代的文化馆里。城市小，但书展意义不小。大小书商云集，观众如潮。有的出版社就一个人，比如专门出版莎士比亚的作品，老板既是翻译家，也是出版人和发行人。有的专门经营老旧图书。也有大社。但那些个性化的小社更吸引人。大家都是微利，但把书做得漂漂亮亮。在一个小小国度里，我看到人人只要乐意，只要一点资金，就可以注册建立自己的出版社，过上津津有味的文化生活，继承创造新的文化。让写作、出版和阅读成为一种生活，虽然这生活也艰难也拮据，他们坚持着，总有人保持着人的尊严。未来世界，大概就是文化的坚守了，这是人类最后的斗争，如同再来创世。下午取回洗衣。晚购物。吃越南米粉。

22号。周六。第二十天

上午洗衣。写点日记。午后到墓地和修道院窄街。晚在徐晖家吃水饺。布拉格最大的一片墓地：奥尔尚思凯墓地和日多夫斯克墓地。多数墓碑都裹满了常青藤，如同人的再生站立。似乎所有的历史都在这里沉睡。她有八十多岁，颤颤巍巍，从头到脚银白。她的眼睛干涩红肿，用手轻轻抚摸墓床下五角叶片上的水珠，鼻涕口水止不住掉下来。我总是迷恋这样的地方。生命其实没有停止。秋天的树叶纷纷掉落在叶片的软床上，发出声响。布拉格的圣阿格尼丝修道院是十三世纪的老建筑，已经失去了宗教功能。里面常年陈列的宗教绘画和大量木雕，都是十三世纪到十六世纪的珍贵文物。从这些可以比较中国明清的木雕人像工艺风格。围绕修道院的凌乱小巷，让你脚下沉醉得抬不起来。关于城市规划样貌对比。中国方形。这里圆形放射。中国以皇权为中心，这里以宗教和广场为中心。布拉格真是干燥啊。木雕都有虫眼。但不腐坏。圣杯都是华贵的金色，真实或许就是一只木胎碗。

23号。周日。第二十一天

全天到魏玛和开姆尼茨。参观席勒和歌德的故居。歌德在郊外的别墅。早晨浓雾和青色发白的霜冻。欧洲的雾气沉重。然后，阳光夺目。远近覆盖着绿色。歌德的别墅放射着白光。

24号。周一。第二十二天

我不是记者，更不是来采访。今天，我不想缓缓地浪费掉半天的时光，将会有十六个问题向克里玛这位文学前辈提出来。因为这些问题，我还无从回答。多年前就撰文喊出了——文学死了！有人不同意，说，你先死吧。我笑了，无奈，谁都知道我"口号"是指中国现当代绝大部分文学真的从来就没有活过。作家围着协会转，围着饭桌转，围着会议转，围着市场转，围着签售转，围着白痴评论家转，围着书商转，围着大小圈子转，围着书号转，围着政治意识转，围着评奖转，围着聪明人转，围着权力转，围着领导转，就是拒绝围着内心的一点点感悟转，拒绝围着人的普通生活转。这样的作家，真是笑话。自勉。要对得起赫拉巴尔的礼物。上午十点半出门。李素陪同到艺术学院戏剧所领取生活补贴。见维克托。赠书。

中午出版人、马扎尔的好友帕维勒卡请吃饭，谈。他像个猴子。

我提出问题：你们的图书为什么大多没有定价？你的出版社建立于何年？有多少人？出版什么图书？每年出版多少品种图书？你如何看待当代捷克文学？作家？作品？当年社会主义时期的活跃作家在今天的命运？怎么看诺奖？

他回答：很多书不印定价，但我印，因为我不想骗人。他们不印，是为了销售，越贵越好，有涨价的空间，可以随时调节价格。最近税收增多，图书就要适应市场，可以卖贵些。我的出版社成立于二〇〇九年秋季，就我一个人。现在聘请了几个，有设计的，有印制的。我是编辑兼发行。早先我没有公司，现在有了公司就能够发放工资。但是他们不是股东，也不用上班，计件工资，看是什么工作项目。我也在给别的出版公司当编辑。原先就是一个出版执照，不能发放工资。只有公司可以运营发出工资。原本设想只出捷克小说，但挣不到钱，现在除了小说还出版历史纪实，正在做的是一个老人的回忆列宁，是访谈。有一本埃及考古学家的专著，有文学因素，可读性强，有照片，还有一个阿尔巴尼亚女人的回忆录，这些都将在明年出版。主要出版捷克年轻的三十岁左右作家的作品，但不好卖。今年就出版了四本，去年一本，明年计划出版二十本。现在考虑的是后年的工作了，经济不景气，所以任何提前的安排也难。对诺奖，不激动，没有什么感觉，但它是有尊严值得尊重的，它也是政治游戏，有政治因素，比如作品很好的得到奖励，但是最好的却得不到奖励。当然，所有的文学奖项都避免不了世界观和立场的分歧，肯定会受到影响，但这个奖（捷克的）影响很少，还没有出现政治立场高于文学的选择。捷克最有声誉的文学奖，是十年前文学界一些人建立的，有卡罗维发利的矿泉水企业支持，这企业又是意大利人的，大奖30万克朗，大多是小说作品获奖，也有其他文体类作品。捷克还有塞弗尔特奖、卡夫卡奖、国家文学奖，其中塞弗尔特奖属于77宪章基金会操办，这些奖项只有老作家和世界有成就作家考察其全部文学活动才能获得。捷克一九八九年社会转型之后，因为社会背景不同以往，也因为语言的转变，那些当年优越的作家已经没话可说了，因为话语不同了，有些好的也不被今天接受了，所以基本都不写了，一九九五年以前，他们很痛苦，反应很激烈，但是之后，就渐渐平静了。

饭后，同李素打车到城东南的克里玛先生家，约在两点钟。进屋，克里玛下楼来接见。上楼，八十岁的老人，脚步稳健，看上去也就七十来岁的样子。一楼梯的绘画，据说是他孩子的作品。二楼的会客厅隔出一小块写作的书桌，两壁是书。窗外秋天的黄和绿在风中飘摇。谈话中，李素说明天要下雨吧，克里玛说，不会的，不会下雨，因为有风，并且是西南风。他说到什么书，就起身到书架那里去。喝着咖啡。有时又会端来笔记本电脑，查找资料。这是一个平易的老人。精神健康。谈话从对他的阅读和中国读者的反映进入。

我只读过《布拉格精神》。他说这没有在捷克发表过，是英文的，你们从英文翻译的。我说不是善恶之争，而是两种恶的斗争。他说好像写过吧，不记得了。

我预先准备了十六个问题：我不是记者，更非来采访，只是想珍惜时光进入谈话，并向您请教一些问题。您还在写作吗？您最具代表性的作品？您用什么写作？笔，打字机，电脑？您有无写作提纲？您写作是完成一个再写下一个，还是两个或更多个一起动手？您最希望自己的哪几部作品先介绍给中国读者？您了解中国的文人作家作品吗？（找古诗，半天没找到。）您的爱情观（我不是通俗杂志的提问）？您如何看待异性？您认为捷克自己或别人今后面对写作有什么样的追求和困惑或问题？您在《布拉格精神》中谈到的"悖谬"会一直存在下去？您对一个中国作家有什么忠告？您是前辈，您如何看待"地下文学"？它今天还存在吗？或者永远存在？您如何看待作家与生活的关系，特别是体力劳动？什么是谎言？只有体会过苦，才知道甜。先苦后甜。这是不是您对自由的理解？在期待中生长，然后才能体会幸福？这也是悖谬？福祸相互依存？您对文学语言的认识？您对死亡的认识？

本书作者访问克里玛

我的"赫拉巴尔笔"突然写不出字了，在克里玛签完字后不久，最后停止了，安息了。克里玛听说这是赫拉巴尔的笔，他又一次拿起来仔细看，说，你换个笔芯，还能用。他说：我每天都在写。现在正在写小说。已经完成了稿件。但是我今天晚上还要写另一篇，再加上一篇小说。出版社还要我的第三册《疯狂世纪》。还要写一部长篇小说。我的代表作是短篇小说集《我的快乐的早晨》，在这个集子里的《我的初恋》。我的作品被翻译最多的是《爱情垃圾》。可是在捷克，回忆录最受到读者欢迎，但跟小说两码事儿，我是小说作家。捷克人爱读书，主要是女人爱读书，男的也就是十分之一。德国作家拉赫尼斯基说我最好的小说是《等待黑暗，等待光明》，还有批评家说《被审判的法官》，这是最后写的小说。我自己也不清楚什么代表作。最初是用笔写，现在已经用了二十三年的电脑。刚才说的这些小说是用笔写的。写作提纲，细致的没有。短篇小说，是想好后才写。长篇，比如《等待黑暗，等待光明》，是早年写中篇不满意，一九八九年后，想到新的题材，一个摄影师在故事里拍电影，这就是我曾经废弃的小说，放在新作品中成了那个摄影师的电影。现在我也想不起是什么故事了，只记得当时是怎么写的。现在我是一个一个作品写，年轻时有两三个一起写。我曾经长久做报刊记者，不是新闻记者，是捷克的写随笔的记者，所以能写，能一边工作一边写。我希望自己的作品介绍到中国。但我对中国的读者不了解，很难判断他们的口味。《我的疯狂世纪》是随笔和纪实，因为两个国家曾经有过共同的政治体制，也许这样的作品在中国读者能接受。年轻时读过不少中国古典诗歌，读过老庄，陶渊明，还读过韩国人写中国古代法官的故事。现当代没有读过，会见过几位作家。读高行健《灵山》的捷文版。我认为文学过去、现在、未来都是一样的，那就是人际关系，当然时代会影响人际关系。所以说，专政中的人际关系受到体制的影响，当今捷克最大的社会问题就是，人，大多数人的唯一目的就是挣钱。相对于布拉格的历史文化色彩，这也是一种悖谬，也是自由社会的悖谬，因为人和社会一旦得到自由，人的选择往往是错误的。现在人有了自由，反而受到别人的影响，以前是专政极权对个人的影响，现在是受到外来影响，现在的手段是隐蔽的高级的技巧来施加影响。地下文学，是历史，不存在了。以后不好说。萨米亚特，地下，背景是不能公开出版发表，唯一方法是只能抄写给朋友阅读。今天什么都可以出版，顶多是个钱的问题，如果没有出版商，自己也可以印出来，关键是关系和朋友帮助，还可以走当年"地下"的途径。有位诗人得不到出版，每年把写下的自己印出来，发给我。我参加体力劳动不多，但有过这样的经验是好事，作家得到的所有的经验，只要能让自己生存下去，就是好的经验。我非常遗憾现在岁数大了，没有人能雇用我做个职员了，我已经八十岁了。你不用担心时间，我们多交流。一般回答这个问题，假如存在客观真理，我们所说的一切都是谎言。严肃回答，某人有意识地说些不真实的或与真实存在差异的话，就是谎言。结婚后，男人说去参加作品研讨会，而实际是去约会情人，如果会说，还能编出参加具体什么作品的研讨会。我是心里有着爱情来看待异性。我对异性是有着爱情的。我认为女人同男人是不同类型的人，她们更容易被伤害，更感情化，她们更爱孩子。一个家庭，男女关系要好的话，就必须明白这些。很多男人把自己当做尺度，不顾及女人。可我认为很多男人认识不到这一点，所以婚姻很多的不好，就是男人不愿意从女人的角度看待这些。我们没有语言交流，你也不能用英语，我平时还可以听懂一点点意大利语单词什么的，苏珊娜和你说的中文我一个词都听不懂，你就是把我说成昆虫我也不知道。哈哈。（我说我们就叫昆虫间的对话吧。）你的自由，你随便，我一般采访都要过目。（我说，我不是记者，不是采访。也许我会写些，也许不会写。）我跟你开玩笑，你随便。（我感到他们嘟噜嘟噜，捷克语翻译真长啊，是翻译呢，还是他们之间聊起来了？）福祸互为依存？幸福和苦难如同两极，这是两个概念一个问题。这个问题是理念的，是哲学的。幸福和苦难，在生活中分不同的人，他们有不同的感受和经验，尺度和量都不一样，但这个话题离实际生活很远，理念和哲学的讨论，往往很好听，但是一个作家也不应当如此思考，因为这是哲学，一个作家若如此思考，就太僵硬了，写出来的构架很死板。语言是交流的媒介。一个作家的语言是接近读者的心灵的前提。现在比较大的问题，人生活在语言繁杂爆炸的环境里，很多的语言，快被语言淹死了。你唯一的防御，就是只听一半，只要听一半就够了，不必仔细听。现在作家要用语言冲破防御，必须语言好才能冲破防御。起风了，不会下雨，西南风不会下雨。语言是作品的基础。语言没有意思和感觉，不会成为好作家。好的语言判断是，丰富，容易理解，不用现成的表达，墨守成规。我现在完成的小说集都非常短，目的是为了省略，只有必要的单词才写，没必要就不要了。比如说，安静和宁静。有许多现成的说法，和墓地一样安静，和教堂一样宁静，或者，完全彻底安静，或那里很安静。干脆就安静一个词。今天最好一个形容词也不加的安静，就是安静。我们平时用的形容词是不必要的。（想到契诃夫的"早晨，天亮了"。）正好，昨天我还想到了"死亡"这个问题。大概二十岁的时候，我认为人死是很难过的很惨的。后来想，人生唯一不能改变的就是自己的死亡。所以也就没有必要多去想它了。现在我八十岁，已经没有多少年了，可是我也没有多大的感觉，所以死亡也不是我的什么话题。我年轻时候写小说会提到死亡，比现在多，我的第一部长篇小说大概写死亡最多，《一个小时的安静》。我老婆很乐观，我哪怕提一次死亡，她就说住嘴，别想了！我身体很健康，虽然年纪大了，也不怎么想到死亡。对任何人的任何忠告都是没有用的。关于写作，可以有两个忠告，一是要写自己心中所感，而不要别人问你什么你回答什么的那类写作。二是，也是最实际的忠告，不要写完就交出去。（这正是我的问题。并且我比催稿要求还快得惊人。）我写过的每一篇每一句话，起码读十次，第十次还会修改。你可能认为我年纪老了才这样，可是我年轻时就一直是这样做的。好的小说是非常简单的,比如契诃夫和海明威。(《草原》，他非常认可，景色很好。海明威他提出了《在密执安营地》。）我们今天谈了这么多，就差上帝了。（我们异口同声。）

同伊凡·克里玛先生度过了一个愉快的下午。我们对话大概是"两个昆虫的对话"。已经忘记这个题目的来历。总共向克里玛先生提出十六个问题。最后，我说宗教的信仰还没谈到。他的捷克语同时在说，我们关于写作、语言、女人、作品、忠告、真话与谎言、苦难与幸福、死亡，什么都谈了，就是还没有说说上帝。因为累，早休息了。醒来是十一点多，已经睡了三个多小时。在梦里哭，焦虑，哭醒了。地点在王府井中华书局和商务印书馆大门外，北侧院墙下。天空是沙暴的暗黄。在棚子里。我为什么不能再进行写作了？我为不能写而窒息压抑难过。央珍劝。我说，小说不能写了，散文也脱不出汪曾祺、黄裳、周作人这些套路，还有什么意思！醒来，很痛苦，但比梦里要好些。马上整理日记。（哈维尔在自传里写过：庞大的跨国公司就如同一个社会主义国家。工业化，集中化，专业化，垄断化，自动化，计算机化，这些让工作失去了个性与意义，越来越严重。这样的体制操控着人们的生活，与专制体制相比，不那么显眼，但异化问题正是在资本主义的制度下提出。资本主义自由社会，不能改变根本现状。人应该作为人与企业发生关系，才有意义。不要过那种标准化消费化的生活。一个多样性的体制和一个令人厌恶的沉闷的体制，都面临生活的深深的空虚。）我们的出版运作，也越来越没有个性。有人就是喜欢体制化的僵硬的感觉。这些人来做文化产业，真是可笑。完全是快餐的以量取胜。垮的时候，也必将在瞬间。

25号。周二。第二十三天

上午整理笔记。洗衣。中国写作者中，有相当一部分人被机构养着，并且围绕他们，还以国家财政支出养着一群闲人，简直荒诞至极。几十年创造不出一部对世界有所贡献和影响的作品。早二十多年就意识到，但感觉麻木，这回看到人家，才感受强烈。作家应当同任何人一样，靠劳动养活自己。社会财富应公正平等地用来支持文化和写作。他们的问题，不断地暴露着。我们的许多问题，却被掩盖着。就拿写作这行说话，作家的生活应当同于常人的生活，写作只是业余生活。当写作成熟后，社会和市场自有公正选择。作家被公民们的血汗养着，为了自己的利益，能有什么出息？可是多数认真的写作者，却永远得不到社会的支持。这就是腐败和特权。

整理完与克里玛先生谈话的笔录。到布拉格国家美术馆。产生这么一个想法：中西交通，恐怕不一定随着时代发展而进步。这就如同台湾和大陆。中西交通早在商周就已经热闹了，后来路途间地区的战乱、封闭、瘟疫等等造成长久阻断，汉以后有通畅，也有不通畅。

整日路面这样湿着，冬天要来了。要不要写一篇《致赫拉巴尔》？中午出门，在瓦茨拉夫大街吃烤肠。然后逛。购珊瑚小链，700克朗。购一些小纪念品，贵。回来后又出门到左岸逛。进教堂。圣婴。去城堡周边及黄金小巷。天已经黑了。步行见李素，在松鼠饭馆吃生牛肉，然后到酒家欣赏中文系的"公报乐队"演唱。打车归。

26号。周三。第二十四天

洗衣。出门遇雨。未带伞。中餐上当，那女人不告诉我有份饭，多花一倍多的钱，200多克朗。也就一个鱼香肉丝和一碗米饭。菜做得莫名其妙，只是酸。躲雨到博彩场所，又遇把门的说我电脑的头像不是我，因为名字不对。我说是我，你看看，名字是你们搞错了。只好重新扫描护照。上楼十分钟，赢回一切，并且加赢近 20000 克朗。冒雨回家睡觉。下午到国家图书馆转一下回。一个什么新书发布。见到格雷普尔。未打招呼。没有西装，在布拉格时常会感到尴尬。又是细雨绵绵。站在廊子上抽袋烟。天井里水滴落地。屋顶的一块铁皮轻轻敲响几声。赫拉巴尔来了，他的猫来了。布拉格那些文学的魂灵都在活动。应当出去喝上两口。晚饭越南米粉，购物归。

27号。周四。第二十五天

上午出门洗大衣。天还是热。阴着。乘地铁到维申赫拉德名人祠。十二点整，教堂的钟声敲击出迷人的柔美音乐。徒步归。找到了德沃夏克和马哈。听说赫拉巴尔样书已到。午饭后睡。到查理大学对面的音乐厅欣赏莫扎特。傍晚李素送票，喝一杯。回来吃。散步玩。

28号。周五。第二十六天

窗外对面的几个窗子都暗着，没有灯，暗中透过房间看到另一面的窗外的亮光。今天是国庆节，没有人上班。平时也不见人影。灯光是神秘的亮着。好像是个什么资料室档案库，一排排的铁架子，整齐地排放着厚夹子。上午在家。欣赏音乐。晚上到整整一百三十年的民族剧院欣赏斯美塔那的《里布舍》。这是国庆节目。赫拉巴尔说：衰弱是我的力量，失败是我的胜利。（没有口号和抗议，你或许还可以等待。但是，没有赫拉巴尔的作品，你就会深深地永久地陷入到黑暗之中。）经过实地勘察，再看早春或晚秋的穿戴（他踢球，身体健康耐冷，又是体力劳动），赫拉巴尔坐在废纸回收站门口，阳光应当是上午十点钟。还能找到这样青春的眼神吗？

下午到莱特纳山和城堡转转。回来在卡瓦拿酒家吃鸡排。晚上的歌剧是金色的，除了暗红和翠蓝（偏绿的蓝），就是金粉金箔的装饰。观众都穿礼服。剧院，里里外外都是尊严。中上等的票，也不足人民币三百元。散了，街边吃点东西，然后到卡瓦拿喝酒。世界上，哪里遍布涂鸦，我就把这个地方认作自己的精神故土。又在楼下小巷路口撞到"海明威先生"。给他 30 克朗。他非常感激地连说五声"谢谢"。三年前他在这里。我想他将永远都在这里。唯有饮者留其名。今后谁若在布拉格老城见到他，不要把他当成

在文学朗读会上

陌生的人。

29号。周六。第二十七天

仅以文学举例：中国现当代写作，除极个别可圈可点，几乎全是不伦不类的玩意。现代写作，从根子上就不属于我们。"五四"以后，我们的文艺大路走偏了。还是要延续传统的小品散文。为什么？因为我们同洋人的差异太大了。

在一八四二年，英国人宾汉是这样描写中国的——"他们在经济上自足／在思想上自满……他们将中国画在地图的中心……中国人基本上是一个商业民族／但被关闭的黑暗中／全都崇信财神／当我们研究他们的风俗习惯时／从欧洲人看来／他可以说是无处不和我们矛盾／处处同我们相反。"

纸质书当然不会消失，我所说"消失"特指接受者为极少数，如同现在谁捧着线装书在读？道理是一样的。因此，我说，纸质书必然"消失"，并且不用十年时间。迄今，就连语言也快要守不住了。学来的模仿来的总归拎不清。即便那可圈可点的几位几部，也是上半截光鲜，下半截邋遢。因为我们没有华美的窗子。

中国未来文学，还是要从传统中寻求出路。向古典学习，并非复古。楼下一百米距离，这是我每天都要喝几杯吃点东西的卡瓦拿酒家，今天布拉格作家、诗人、学者最集中的地方。酒好不好，不重要，因为这里没有假酒，干干净净。这里有个女招待，她让我觉得这个民族并不遥远。看来我是有点醉了。必须到旁边的教堂去清醒一下。我的意思是：没有这样的地方，能写出什么小说啊。

上午在家洗衣。写作。然后上街取衣服。参观卡夫卡在老城广场附近的出生地，是他父母的家。购买明天的木偶剧票。赫拉巴尔晚年使用的圆珠笔，蓝色笔迹，写下了多少零碎。它非常沉重，是公司纪念品。德国拜耳公司一八六三年成立，是最大型化学公司之一，以技术领先而驰名。生产经营的种类有一万多种，涉及药品、诊断技术设备、作物保护，产品有塑料合成橡胶、橡胶化学制品、纤维、染料、颜料以及无机化学和有机化学的中间产品。一个老人，使用这么粗壮沉重的笔，什么性格？可惜笔芯在作家克里玛先生好奇地欣赏过并用它签名后，再也写不出字了，油干了。这才感到，赫拉巴尔刚刚离开。笔芯卸下保存。一会儿出去商场转转，看能否配到同样的笔芯。克里玛先生歉意地说，配个笔芯还能用。我说,赫拉巴尔已经离开快十二年了。赫拉巴尔的笔,刚刚又写出来了。作家全勇先让我写几个字。用力过大,把尾部的小帽都崩脱了。老全害人啊。但是这笔不能用了,才发现它是全钢,可尾部薄,估计曾经多次掉地,已经细小开裂。刚才因写不出水,用力过猛,暴露了它的问题。老赫走后,看来真是没人配用这支笔。只能是个纪念物了。也是这支笔的诸多特征之一。我正在伤心这是一支不能用的笔。刚刚还想出去配个笔芯。郁闷啊。要不,裹个医用胶布?一支伤痕累累的笔。赫拉巴尔的笔啊,忧伤!决定:马上去医院或药店,为赫拉巴尔先生的这支笔进行包扎,他到我手上应当继续劳动,而不是死亡。死亡,不属于真正的文学!这支笔原本就是伤痕累累,胶圈断损,尾部开裂,钢面砸坑。显然,晚年孤单的赫拉巴尔行动多么不便,他自己经常摔倒,这支笔也吃尽了一个伟大作家、酒徒的苦头。忧伤。艰辛。再生。刚刚多给了酒鬼"海明威"几十克朗。他的名字叫扬·杰斯科。他喜欢摆出一个无比尊严的姿势。礼貌的酒鬼、街头艺人、穷困诗人、生病的妓女、捡垃圾的流浪者和他的狗、到墓地给陌生人献花的老者,还有怀才不遇的作家,他们最有尊严。我醉着往回走,深夜一只狗都没有,杰斯科在巷口问我晚安。晚到查理大学对门的平民剧院看《唐·璜》。莫扎特在布拉格写下的。医院没找到。药店今天都关张。无法给赫拉巴尔的笔进行包扎。顺路到商场，为他配上了两颗"心脏"。索性先用创可贴简单包扎。因为，必须工作。这些天因为赫拉巴尔的一支笔发生过的故事。又实地看过他在城市和乡间住处。看过他常去的酒家。我也渐渐倾向他死于自杀。这个老人的晚景真是——过于喧嚣的孤独。他几乎每个周末都要到乡间森林的小屋住两天。每次都是那些猫们期待着他的到来，他也期待着同这些猫团聚。他其实最想跟他的亲人团聚。又到民族大街商场拐到赫拉巴尔"劳动街"的一条小巷子里的越南餐馆吃一碗粉。餐馆名叫"松拉姆"。餐馆的音乐总是那一盘电影经典音乐或名曲改编轻音乐。每次都听见罗德里格《阿兰胡埃斯》的第二乐章片段。这是他晚年客居巴黎的写作，怀念战乱中的祖国西班牙。到曾经住过的帝王酒店门口的小酒家喝了两杯。金虎酒家和卡瓦拿酒家，都打烊了。

30号。周日。第二十八天

窗外的装修杂音和管道线路维修电锯电钻，声音刺耳，令人不安。昨天傍晚出门，关掉电灯，人在屋里，一切静下来，忽听到似有似无的钟声，六点了。又听到房间电动挂表的喳喳走动。北京是夜里十二点。我想象我不在这个房间时，这屋子空着是什么感觉。它是在等待。它在喧嚣中享用自己的孤独。赶紧上街。灯火凌乱。人群快乐沸腾。布拉格色彩明快又阴翳，具有非同凡响的尊严感。自己买醉、隐忍不争的扬·杰斯科先生，我就将他视为——布拉格精神。谁能体现——北京精神？我觉得自己迷茫了。早些年大街小巷上都是指挥家舟舟的照片，那时，我似乎感受到了一点精神的味道。自从接触过藏文一点皮毛，生吞活剥查着字典翻译了仓央嘉措的圣歌，我就开始怀疑所有小语种的文学翻译。准确不准确，且不去说它了（肯定是不准确的），译者的母语能否让人看懂接受，就是个难题。所以，我不主张阅读大量的翻译文学和哲学，认准有限的阅读即可。因为文学翻译，尤其诗歌，相当可笑！曾经令我仰望的小语种文学翻译大师们，我就不一一点名了，也不愿逐一指出问题。但是我要说：他们汉语出问题的地方，对原文理解也一定出了问题。文学翻译，仅仅懂外语还不能胜任。它要求全才的人。它要求极大的付出。它也是创造，甚至，高于创造。中国，在文学的工作中，曾经有多少完全够格当个优秀作家的人，却在从事外国文学或非汉语文学的翻译，他们奉献了自己的才华，享受到创造之后的内心安宁。而今天，屁才华没有屁鉴赏没有的人都能搞文学创作和文学批评。懂点外语就能搞翻译。在我的祖国，长久以来，就是"专业工作非专业操作""专业工作外行领导"。我永远也不明白这是什么事儿。洗衣店关门。购买旧货餐具一套2900克朗，买小兔玩偶200克朗。中午在住处附近小店吃。

31号。周一。第二十九天

要到一个老共党家吃饭，给他准备了茶叶、膏药贴和鲜花。然后见一位藏学家。然后同捷克现在公认的一位优秀的中年作家吃饭，有其他作家和出版人作陪。这一天可够饱满。天还是阴的。阴得似乎没有目的。喧嚣的声音变了，所有的反抗变成对金钱的单一追求，所以那人类的孤独啊，它将永存。上午取衣洗衣。然后买花，与李素同往朗兹先生家，在九区。他家的黑狗很兴奋。他的夫人非常热情。对中国非常有感情。虽然这感情来得单纯，可快乐。点心蛋糕和茉莉花茶。午餐古拉什小猪排和馒头片。自做的饮料。两个共产党员，对共产主义的信念坚定不移。一个是前文化部出版局长，一个是电视纪录片导演。朗兹是外交人员，后到出版社发行，后到文化部。都退休。两人每月共20000多克朗，刚好过日子。医疗有保险，不用开销。他们主张社会不能一味看钱，也要公平、平等。他们想念中国。他们的父辈是共产党的地方领导人。他说，把共产党的领袖和希特勒放在一起，是时代的政治游戏。他对杜布切克不满，软弱，不能控制好左右两边的冲突，结果造成一九六八年。他很痛心。共产党后来用的是一帮白痴和弱智的人，也腐败，所以最后倒台。他伤心极了。现在有席位，在渐渐恢复他们的影响。戈尔巴乔夫也反思自己的作为。转型也没有解决问题。一层楼，是朋友给他们住的。朋友是音乐家，夫妇都不在了，孩子又让他们住在这里。他们在老城有房子，可是被意大利人买去了，他们在城郊三十公里的一个小城买了房子，但是朋友的孩子不要他们离开。我猜他们没有孩子，因为他们拿狗当小孩，家里没有孩子的照片。只有朋友的照片和与中国相关的人的照片，比如前任女大使。他们沉浸在印象中的中国里。我感到，捷克人是刚刚从政治的喧嚣中沉静下来，他们还不习惯沉静，静了反而没有方向。另外，社会开始向钱看，他们还不能适应这个他们的初级阶段。他们享有自由。这一点难道还不足够吗？没有完美。但是他们所付出的代价几乎为零，就得到了自由。饭后下午到高马士家。高大的高，马匹的马，兵士的士。他将钥匙用绳拴了从二楼阳台顺下来。客人自己开楼门。蛋糕。白海洛夫卡酒。铁观音茶。他的书架有多少五年计划。主要是藏文翻译。民间文学和经文等等。他在整理书信。于道泉的学生。曾在民院读书多年。他数出从北大到民大的车站名。一九五九年到兰州，没有进藏，因不平静。他回避了我的关于仓央嘉措的话题。开始热情，后来似乎对谈论西藏没了兴趣。好像不大想接触西藏问题。中阴得度。翻译。他说老了，快要走了，七十八岁了。腿脚不便。老伴走了十年。三个孙辈都在美国。一个人生活。他说要到天堂去，要么就下苏杭。上有天堂，下有苏杭。见到了很多旧版图书，西藏经版画，仓央嘉措诗歌的木刻板，证明我还是对了，题目的藏文只能译为"圣歌"。他的藏语，也不能多说。家里挂了荣誉证书和职称聘书，还有家人照片，父母和孩子。有一个弟弟和两个妹妹。他也是汉学家普实克的学生。

晚上赶到卡瓦拿酒家，见出版人，他要出版我的"藏行笔记"，我送给他。见托波尔，谈。马扎尔来了。那个手风琴手也醉着来了。

赫拉巴尔的遗产问题很复杂，捷克版权在捷克，但是海外版权在瑞士的一个女人手上。都要通过瑞士。托波尔在路上一直考虑要不要写作，最后决定必须回到写作。他一九六二年八月出生。现在哈维尔图书馆工作。很忙。要搞很多活动。已经四年没有写作。他说：当今的写作不专心，肤浅，特别是年轻人的写作。不能集中精力，往往一个作品虎头蛇尾，开头都不错，但难以为继。可能是新媒体的影响。认可的只有刊物 *HOST*（《客人》）和一个文学网站。*ILITERAFARA*。一九八九年前的文学，毫无疑问，是有力量的。之后，有生命灭亡的感觉，当然是文学的生命。首先是政治的影响。现在自由了，原先出版就会有反响的东西，现在显得陈旧了，如同是博物馆里的东西，失去了影响。再就是技术问题。原本阅读是自然的，是教育的一部分。现在女儿十四岁了，也在阅读，但显得很贵族了，因为其他同学一般不看书，只是网络和手机短信。自己有时候甚至想到，干脆让写作生活死亡，这样倒可以专心工作，专心赚钱，专心于家庭，过单纯的生活。要么干脆什么都不顾，专心写作也好。当然，写作会让女孩子喜欢，她们总是喜欢写作的男人，想了解作家的生活。这也很麻烦。要应付发布会，活动，也很麻烦。当然，搞文学的去写电视剧，在我们这里会被人看不起，特别是一个纯粹的作家，我们拒绝电视文化，家里也不要电视机。好的作家绝对不会去写电视剧，那是通俗作家干的事情。写作电视剧，会影响自己的写作。当然也不否认要挣钱，但必须与自己的写作分开，挣钱不如到广告公司写文案，策划，也不署名，就是赚钱而已。电视节目是垃圾。也可以做记者，拍点电视节目，当然对写作也会打断。原先写小人物故事，表面没有政治色彩，反思过去的历史。现在要写现实了。死亡、孤独、爱情、生存，将是我关注的。

出版者说（他一九五四年出生）：出版年轻作家的作品，一般说，毫无意义。因为他们没有目的，没有目标。他们也许根本就不知道写作是为什么。这目的必须自己创造。为什么？因为，他们失去了生存下去的理由，很多我的同龄人就是整天等着等着等着，死亡，等死。我的同龄人失去了理由，而青年人却找不到这理由。无可奈何的感觉。没有上帝。也许自然界会给他们理由。

马扎尔说：赫拉巴尔提到法国哲学家罗兰·巴特尔，写作是一个孤单思维的方法。

沈从文讲寂寞，即是。这个时代就如同匆匆的游客。我谈到布拉格都是游客。出版人说：只要速度慢，你就不是游客。

手风琴手来了，他是一个高尚的"醉人"。我非常想涂鸦。托波尔两次见到都是要提前告退，回家给女儿和老婆做饭。她们就是喜欢他的饭。但我猜想她们一点都不喜欢他的饭，只是喜欢他回家。还是那句话。我们的不同是：这里暴露矛盾，甚至"小题大做"，而我们在掩盖矛盾。马扎尔说：你的笔包了创可贴，赫拉巴尔若活着，见到一定喜欢，你可千万别拆掉。

1号。周二。第三十天

上午洗衣。整理笔记。取衣。到查理桥乱走，见到两个相对站立尿尿的铜像。是卡夫卡的纪念馆。午饭在卡瓦拿酒家。利特让尼·卡瓦拿。布拉格的老人多用手绢擤鼻涕，然后擦汗，然后热情同你握手。下午休息。晚在川王府火锅。

2号。周三。第三十一天

上午打扫房间。收拾行李。然后查理桥乱走。中午李素约在卡瓦拿酒家见面。原本约见闵采尔。他没有时间。下午到瓦茨拉夫大街走。晚徐晖来送，在卡瓦拿喝点。

3号。周四。第三十二天

上午九点同维克多交接房间。九点半离开老城往机场。一点半起飞。

致赫拉巴尔

一

　　尊敬的赫拉巴尔先生，我听说，整整一周，你住在布拉格近郊克斯科森林的木屋里。那是一片不小的林区。有些地方，阳光无力穿透茂密的枝叶，林间渗透着浓重的黑色。公路隐蔽在树林里。车子直直行驶，速度并不太快。清香的空气灌进窗来。风是甜的，甜的……赫拉巴尔先生，你看，我完全浸泡在以往的景象里。现在，我回到北京有两个月了。以往这些，对我来讲，是一些美妙感受。而对于你，是布拉格人平常的周末生活。

　　太阳在森林中忽隐忽现，如同一团打碎着的蛋黄。它紧随我视线赛跑，并且上上下下移动，每次显露，位置都有变化。这阳

赫拉巴尔回忆自己拍照时，以为镜头里会射出子弹

光又不安，又宁静，好像一个抑郁的人，因为酒的作用，热烈表达，继而沉默，他并不在意别人的反应。

我从429路和443路克斯科公共汽车站拐进这幽深的碎石小道，一步一步向前走，脚下总被草茎绊住。你的木屋开始从满眼绿色中显现，渐渐显现出来，露了一点点明黄，然后，一角明黄，然后，一块块明黄。我终于站住了，跟前是棕色板条的栅栏。隔着一小片空寂的林间草地，整座木屋墙体的反光，令我似乎就要昏厥。我不能自制，下意识倒退两步，身体也随之晃动了两下。木屋有两层，车库门、窗框同桁木涂着深绿的油漆，除此，都是白色。晴天，阳光明亮斑驳地映在雪白墙面上。这木屋在中午时分散发着夺目光芒。木屋雪白，有森林环抱，墙面光斑似在燃烧，又如同为一只精巧的盒子贴上了碎片金箔，也像画布上那种用刮刀涂抹的厚重油彩。

我知道，赫拉巴尔先生，你这处住所，仅仅是用来周末度假和躲避喧嚣的写作。应该叫别墅。说到别墅，会让我们国家的人非常羡慕。殊不知，这样的别墅，或者再大些的别墅，或者小到只能容下一张床、一张餐桌书桌的别墅，在布拉格近郊山地林间还有很多。这是你们亲近自然的传统生活方式。亲近自然，远离"中心",人的个性方可彰显。地方大,人少,到处可见森林、河流、草地。随手捡拾几片木头,看好一块山坡林间空地,拿钉锤当当当,几下子,一座木屋别墅就搭建出来了。屋子里的家用陈设简单,却是应有尽有。窗户里拉上洁白的纱帘,衬着一件工艺雕塑。外面窗沿下悬挂一盒红黄蓝粉的小朵杂色鲜花。我总是想象着那屋子里面的生活。那个人正在阅读一本怎样的旧书?那两个人正在亲密地说着什么样的陈年老话?那一家人正在接待从什么地方到来的老友?当然,我讲这些肯定有所夸张。可是,每个家庭自建或购买这样一座别墅,也算不上什么奢侈,更谈不上时髦。雨后到林子里捡蘑菇,回来烧一个蘑菇汤,烤一盘蘑菇,炒一碟蘑菇,夫复何求?我看过你一张照片,手中捧个纸口袋,就是在克斯科这林子里捡蘑菇。我也知道,这生活,不是多数年轻人的选择。现在年轻人,他们习惯于被动的选择,他们远离自然,他们似乎比老一辈人还要适应制度化的生活。我的兴趣,也正好说明自己人到中年。我已不再年轻,不再年轻了。我已经懂得了自由的真正含意。自由,是近,而非远。自由是个体,而非众人。自由是小出版社、小书店、小的新书首发式、小签售、小阅读座谈会、小聚、小开本图书、小收益、小乐趣。自由是小声,而非高调。自由是柔弱，而非刚强。

林间木屋的二层有一个平台。你买下这处房产后，自己动手，在平台上搭建出一个阳光小屋。这真是绝佳的写作环境。当然，春天夏季和秋日的多数时间，你的写作恰恰是在房前长满杂草和灌木的空地上。这是你的露天写作。猫们缠绕在你的脚边。你的午餐，一半也是猫们的午餐。太阳晒得打字机过一会就要卡壳儿。那些天马行空自由自在的文字，沾染着草木清香，源源不断从打字机上方跳跃出来，呼吸着强烈的阳光，它们也不再阴郁，它们不乏伤感，却饱含着幽默和欢乐。甜甜的忧伤。这是你作品的一个中文名字。原先译者的翻译是"忧郁美"和"美丽的忧伤"，我觉得都不够味儿。最后，挖空心思琢磨出这么一个。"甜甜的忧伤"啊，我时常为这个书名自得其乐。

我两次来这里找过你。三年前，你已经离开了十一年。那天飘落着细雨。冬天的雨，把寒冷嵌入骨髓。我甚至就连你那些心爱的猫们都没有见到。据说房子有了新主人，但这季节的寒冷，也不知将新主人驱赶到别处什么地方。只见到杂草丛中隐藏一个头戴黑帽身穿红衣的陶制玩偶。他嘴唇肥厚，一个哈哈笑的表情，让他嘴角咧到了耳根。这回我又来看你。秋日最后的阳光，在那天照耀出夏季的火热。房子里似乎有人从窗口闪过。隔着栅栏看半天，并没有人，似乎那年被寒冷逼走的主人没有回还。还是见不到你那些心爱的猫们。我甚至怀疑，那些猫已经被你带走了，他们正趴在蹲在你家族墓地的坟池上，安安静静，乖巧可人，望眼欲穿，他们如同面对苍穹观想，已经修炼成高深莫测的哲学家。那个黑帽红衣的彩绘陶人，依然故我，在老地方哈哈大笑。我甚至可以确认，那是你和妻子的遗物。

这天中午，你从二层阳光屋的写字台颤颤巍巍站起身，准备返城。下午，在布拉格老城胡苏瓦街的金虎酒家，每周二都有几位朋友定期喝酒。就连你们的酒桌在这天下午都是固定的，即便一时空着，其他顾客可以暂且坐在那里迅速喝上一杯，你们人一到，那些顾客就得起身另找地方落座。

你穿好夹克外套，戴好遮阳的帽子。你背上双肩包，这包里装着一个横格小笔记本，一支粗硕沉重的全钢圆珠笔，还有药。你心里暗自欢喜，一股恶作剧的冲动，因为那是妇科的什么药，或者就是避孕药。你将猛然想到，大方地拿出来推荐给酒友品尝，说这是一种最新研发出来的保健药。这药也是你先吃错的。你没看懂药瓶上的外文说明。谁送的？记不清楚了。

你下楼。猫们立刻知道你要离开了，神情惊慌，不知所措。你把他们逐一请出门外。你不知道你不在的这些日子，他们会有怎样的遭遇。会不会被人猎杀？会不会走失？会不会被人抱走？会不会冻死在深夜？你锁上房门，走过房前的林间空地。你再转身锁上绿漆的铁栅栏门。你走在了通向公路的小道上。突然，你站住，好像落下了东西。你站在那里想了想，又好像背后谁在轻声叫你的名字，你并不急于回转身去。最后，你还是转过身，慢慢转过去，你的眼睛和你那些心爱的猫们的眼睛，全都润湿了。你多么熟悉他们，谁是你的女儿，谁是妻子的儿子，谁是睡在妻子脚下的宝贝，谁是在你床上拉稀撒尿的小家伙。可妻子已经不在了。她死去好几年了。你们这一辈子啊，真是。妻子正埋在克斯科你家族的墓地里。那个墓地，是有一年你作为生日礼物赠送给妻子的。在同一个坟池下，还埋着你的父亲老赫拉巴尔先生和母亲，埋着你的弟弟，埋着你最最依恋的贝宾大伯。现在，赫拉巴尔家族只有你一人在这世界上了。你从几十里地外的家乡宁布尔克小城，从流经小城的拉贝河边，精心捡来许多白色的大大小小的鹅卵石，覆盖在墓池上。拉贝河弯弯曲曲流向捷克西部，穿越广大的波希米亚丘陵和山地，流进德国，就是易北河。

赫拉巴尔与他亲爱的贝宾大伯

这时，你已经快要走上公路。你最后一次站住，回转身。猫们也即刻站住，各自保持着静止的姿势，好像银幕上的定格画面。再见。再见。下一个周末见。正好，市区公共汽车能开到最远的家伙来了。那车停住，并且车门打开，缓缓地倒退回来，为了让你少走几步路。你一连声感谢着司机。

"今天可够巧的。"你说。

"巧吗？赫拉巴尔先生，我算定您就在这个时间回城。这班出车早，我故意放慢速度，慢点开，再慢点开，怎么样，正好接上您。否则您又要跟猫们依依不舍半天了。"这司机说话的声音特别大，如同演讲。

"嘿，生活啊，总有叫人意想不到的好事儿！"你挥舞一下手臂，也把声音拔高了说。

"赫拉巴尔先生，看上去，您今天的精神头儿可是比种公牛还好啊。是不是这个星期又写出了光辉大作？"

"是啊是啊，这个星期我做了许多的美梦呢，我把它们全都记下来了。"

车子在林间公路上快速前进。公路两边的树木壮大茂密，它们伸张的手臂笼罩着公路。那些枝叶给公路仅留出一线天空。有的路段，好像是行进在黑暗的隧道里，而前方尽头，粉红明黄的光线在乳白的薄雾后面躲躲闪闪，仿佛天堂。

一个小时后，你回到城区，又转乘有轨电车，在伏尔塔瓦河右岸科瑞佐尼茨卡大街靠近查理大桥的地方下车。然后步行，钻进克洛瓦街，再拐入胡苏瓦街。今天路上太顺了，你比所有的酒友都先坐在了金虎酒家。嘿，先来上一大扎皮尔森鲜啤酒。你从卸下来的双肩包里掏出小笔记本。那上面的确记录了这一周你在克斯科林间小屋的破碎梦境。那些无比忧伤的梦境啊。梦中亲人、年轻时候的异性、最好的朋友，他们如今身在何方？今天，你还要念给大伙听吗？你一口气喝下半扎啤酒。然后在那些忧伤文字的缝隙里，添加着一些可乐的成分。你微微笑了。

那天下午，我从安奈斯卡街和莱雷瓦街交汇处住的地方出来。我锁好房门，下楼，再撞上楼门。我站在小巷子里，整整衣冠，浑身轻松。我要去同你和你的酒友们会面，他们都是作家、诗人、音乐家、歌手、导演、记者、出版家、文学爱好者。我走进瑞塔佐瓦小巷，这是一条狭窄的巷子，但它东边的另一半却宽些，如同一把小菜刀。石钉路面和墙脚下经常见到狗屎和醉酒人的秽物。墙上满是涂鸦，偶尔也能见到一件恶心的装置艺术，比如一大团稀屎样的黏胶挂在墙角，上面粘着一只啤酒罐。一分钟不用，我从刀柄走出，在刀面上路过瑞塔佐瓦小街的卡瓦拿酒家。我看见里面还没有多少客人。我知道这是"地下"作家和艺术家的聚会场所，是今天布拉格真正意义作家聚会的地方。我继续沿着瑞塔佐瓦小巷往东走，左拐，进入胡苏瓦街。连续推开两道门，进到金虎酒家。

店堂烟雾缭绕，喧哗沸腾。我刚定下神，就看见几只手臂高举挥动，有人大声叫着我的名字。我走近他们，问："赫拉巴尔先生呢？"

"什么赫拉巴尔？"你的传记作者马扎尔一脸疑惑。

"他不是最先来了吗？"我接着问。

马扎尔笑了，突然弯下身，几乎就要钻到酒桌下面，喊道："赫拉巴尔先生，出来，快出来！"

二

尊敬的赫拉巴尔先生，现在金虎酒家已经因为你，因为当年美国总统克林顿访问来这里拜望你，而名扬天下。每个下午，酒家开张以后，都有来自五湖四海的游客涌入这里。他们全是慕名而来。酒桌上的语言五花八门。店堂侧面墙壁上，挂着你的头像油画。正面墙壁上，高高摆放着你的一个雕塑半胸像。我向来对头像胸像雕塑感觉怪异，怎么看都脱不出自己的怪异感受，我觉得这起源于人类的原始祭祀，把死去的族长脑袋连同脖子切下来，把敌人的头颅切下来，供奉，祭奠。所有的写实雕塑，人或动物，我都喜欢完整的，全须全尾。

金虎酒家你当年固定的座位上方，也挂着捷克、美国两国总统与你一起喝酒的照片。我知道那幅照片并非在你固定的酒桌上拍摄。你固定酒桌在店面尽头一个小套间里，正对着厕所门口。当年两位总统到来，你们是在宽敞的店面里坐着，而那个小小套间里，塞满了警卫安保……赫拉巴尔先生，今天世界究竟发生了什么事情？怎么会如此喧嚣？以致我们根本无法面对自己，无法安静下来哪怕对着流云发呆片刻。你在十多年前离开的时候，甚至更早些年，已经感受到这世界的喧嚣。人类发展，也并不一定意味着文明进步。老子说"知止不殆，可以长久"，联系历史和现实，意思深刻。现在金虎酒家，多数老顾客已经散落于城市其他酒家。布拉格老城居民，也大多搬迁到城市的边缘街区。老城街巷中，从上午到深夜，人流如织，车马如潮，不断地，不断地，一波一波地冲刷着光可鉴人的石钉路面。导游们无精打采举着小旗，手持扩音喇叭，身后尾随一群一群游客。他们张大着嘴巴，嗫动着嘴唇，此起彼伏发出各种鸣叫，如同从草原走牧到城市，正在赶往屠宰场的绵羊。几乎所有建筑都用作了旅店，用作了酒家，用作了赌场，用作了服装店，用作了咖啡厅，用作了商业画廊，用作了旅游纪念品商铺，用作了银行，用作了外币兑换，用作什么什么公司，用作什么什么办事处，甚至有些建筑物的地下室，也用作脱衣舞厅。那些古老的小广场四周，汽车停靠得满满当当。在布拉格老城街巷里，我想拍几张照片，就得早早出门，否则只能拍摄那些巴洛克和哥特建筑的顶部。正午的街景，在照片下部，不是路面，而是被取景框切得只剩了上半部的一层人头。一个社会，全面科技经济，一味发展，一味市场，结果只能这个样子。一个城市里满是游客，或者说，把这城市固有的生活转让给游客，这个城市的灵魂就不那么分明了，就死了，就变成了化石，它就在原地自我微缩，变成了模型。我在捷克所到之处，尤其是旅游胜地克鲁姆洛夫小城，国际上几大电影节所在地之一卡罗维发利，无不若此，城镇白天喧哗，入夜冷清。去年，我在中国，到西藏，到湘西凤凰小城，到西部的青海湖畔，同样感受到喧嚣。啊，喧嚣，无处不在的喧嚣。还有北京的南锣鼓巷，琉璃厂，我就不明白，这种作用于旅游观光的虚伪民俗和俗而不古的东西有多大意思。我也不知道拿什么好办法可以阻止这样的破坏。也许我表现得杞人忧天了。我能阻止地球的自转吗？我能阻止时光的流逝吗？你《过于喧嚣的孤独》里那个主人公汉嘉，当他面对着装帧精美、饱含思想和哲理的书籍被毁灭时，当他的孤独同周遭与日俱增的喧嚣不能共存时，他选择了与美好事物一同毁灭。也许在毁灭中还能求得永生？其实，永生也是虚妄。不识时务者，唯求得安宁。不识时务者，在我的眼中，才真正是风骨之人。

是的，我们所谈这一切，还仅仅是人类表面现象的一个方面。那么，深层呢？深层是什么？天机不可泄露。我感到害怕，感到寒冷。中国的周作人看到了这一点，沈从文也认识到这一点。你的思想，却不是说出来的，而是用细节拼贴出来。你们前总统、剧作家哈维尔先生擅于表述，他说的非常清晰，他说："庞大的跨国公司就如同一个社会主义国家。工业化，集中化，专业化，垄断化，自动化，计算机化，这些让工作失去了个性与意义，越来越严重。这样的体制操控着人们的生活，与专制体制相比，不那

上个世纪五十年代，赫拉巴尔在废品回收站门口工休

么显眼，但异化问题正是在资本主义的制度下提出。资本主义自由社会，不能改变根本现状。人应该作为人与企业发生关系，才有意义。不要过那种标准化消费化的生活。一个多样性的体制和一个令人厌恶的沉闷的体制，都面临生活的深深的空虚。"因此，这就是文学还应该存在的理由，作家们还要写作还要说话的理由，哪怕他自言自语，根本没有人听他。只要语言没有止息，人性没有止息，只要一个事物还有它的多面，写作就会存在。真实的优美的文学存在，文化便得以延续。而文化延续，是要给人心的生活带来饱满和尊严。也许，以往喧嚣的声音变了，喧嚣的本质可没有变，所有的反抗变成了对金钱的唯一追求。人类的孤独啊，它将永在。

赫拉巴尔先生，我这是第二次来到捷克。在布拉格居住写作一个月。我不懂外语，既不懂捷克语，也不懂英语。况且，我是一个人独自前来居住。除了当地几位朋友熟人，其他完全陌生。翻译家苏珊娜·李经常过来帮助我，为我义务充当翻译，另外除了华人朋友的见面，整天整天我不说一句话，也不听一句话，因为我既不会说，也不能听。在这种滑稽可笑状态中，在你那"过于喧嚣的孤独"中，我能自己到商场购买日用、衣服和食品，能独自下馆子酒家用餐，能乘坐地铁公共汽车，能到城市各处闲逛，能去剧院购票看戏，能到博物馆、美术馆观摩展品，唯有那些中国汉唐陶俑、北齐残佛和高古玉琮，可以与我神秘交流。甚至，从一些三千年前的琉璃珠子和玛瑙珠子，我联想到中西交通或早在商周时期就已经热闹了，大路小道上熙熙攘攘。中西交通恐怕也并非随着时代向前拓展进步，设想后来的所谓文明，各自束缚，相互对抗，路途间地区的战乱、封锁、瘟疫，都会造成不同文化的长久阻隔……当然，我还能到洗衣店送洗，能进赌场耍牌，能去书店购买外文图书资料，能打开电视看看新闻、旁观色情电话热线、听听古典音乐会。我可不是你的汉嘉。我当不了汉嘉。我没有他的勇气，更没有他的专注。我的住处有台滚筒洗衣机，上面按键的英文我只能认出"开始"和"停止"。这多像人一生，简单至极，不过就是开始，然后，结束。世界亦如此。我没有外语词典，只好用网络翻译软件艰难查询。我的洗衣机除了"开始"和"停止"，它还有：旋转、熨烫、减少时间、选择、冲洗、洗、抗皱……我越来越觉得人生无处不在。

我住在布拉格1区，也就是老城区。具体地址是：安奈斯卡街13号，也是布拉格1区编号第220栋房子。我的住处是一栋三层涂满明黄色的小楼，距离闻名世界的伏尔塔瓦河查理大桥，西向步行顶多三分钟。如果顺着小巷往西，越过沿河大街，就看见如同抱病坐在河边望着自己脚下发愁的斯美塔那铜像。

打开一扇绿门，进楼，经过一条狭窄走道，是天井。白墙上遍布墨绿的爬山虎。天井上方遮了一层纱网，这是用做什么的？防范野猫或飞檐走壁的大盗？要么就是老房子的屋顶会有瓦片滑落？我房间在三层，有木板的旋转楼梯通向那里。这楼梯终日听不到几声响动。我有卧室兼写作间，有敞开式的餐厅厨房，有大客厅，有洗浴间和厕所。我楼下住一户老居民。他对外来人，态度永远冷漠。我隔壁据说是一位著名的摇滚音乐家和他妻子。可是我从未见到这位音乐家，都说他的知名度相当于我们国家的崔健。我的顶上还有阁楼，看样子像是访问学者或外国来的高级进修生。老建筑房间里不允许吸烟。廊子上摆了两把化纤编织的椅子和一个茶几。那烟灰缸总有尚未熄灭的烟屁股，地上常有几支空空的啤酒瓶。可是非常奇怪，一个月，我从未遇见在这里吸烟饮酒的人。难道我房门一有响动，廊子上的那人即如鬼魂消失？

这石木结构的房子年代古老，修建于一六七一年。在中国，那是清康熙十年。那一年，康熙的政治清明，不是赈灾，就是免除额赋。那一年，朝鲜因饥荒，死人无数。日本禁烈酒。在俄罗斯，哥萨克起义失败。靠近捷克的，有匈牙利贵族在日耳曼参与造反，结果遭到镇压，日耳曼军队由此长期驻扎匈牙利……天灾人祸，天道不仁慈，这个世界从来就没有太平过。

我刚刚住进安奈斯卡小巷那天深夜，因为时差，我的生物钟是北京早上八点。起床撩开窗帘，安奈斯卡小巷路灯的黄光自下而上蔼蔼照亮着对面的老楼，好像我窗下装置着一个大大的壁炉。我脑袋的剪影，被我屋里的灯光放大映在对面楼房的墙上。对面楼房也是三层，近得似乎伸手可触。它的一排窗子漆黑，没有窗帘。仔细看，隐约发现室内有细微的亮光荧荧闪动，是房间另一面窗户透入的那边庭院里的白炽灯。探头出去，小巷的石钉路面反着油光。天上有一粒星星，在这两排老楼的夹缝中，显出一副瘦弱样子。

在这原木地板铺就的几间屋子里，我如困兽乱转，消磨时间。我不知道为什么，只要在房间里快步走动，脑袋就会一阵晕眩。我想这可麻烦了，难道我的血压异常？难道我的脑血管出了问题？经过反复测试，原来房屋因为年久沉陷，室内地面发生倾斜，形成明显的坡度。我在室内，步履时有蹒跚跋涉，如同西绪弗斯登山。时有轻快小跑，好像古人行走到大地边缘，就要冲破墙体坠落到楼下。脚步的情绪极其夸张而不稳定。我仔仔细细窥探这房屋里的一切陈设。若没有三面墙上挂着的抽象油画，我觉得怎么看，这都像某位古典小说家或古典作曲家的故居。

房门旁陈列着一架老式缝纫机。面板上是一个古旧的长方形木质茶托。移开茶托。原来它是用来遮盖机头盒的。这是一架没有机头的缝纫机空架子，就连脚下踏板和转轮间的皮带也没有，纯粹是废物利用的陈设。我还好奇那架子下吊挂的小抽屉，想看看里面的针头线脑。结果，咣的一声巨响，那木质沉重的小抽屉在我碰到它的瞬间，脱落砸在地板上。空的，什么都没有。刚才那声巨响，可把我吓毛了，半天回不过神来。这巨响似乎持续了漫长时间，余音不绝，震动了安奈斯卡小巷，并且在这黎明前清冽的空气里，传播到很远，惊醒了布拉格老城的睡梦。

三

尊敬的赫拉巴尔先生，我还要告诉你，此时此刻，我正是用着你的笔在写字。就是你经常带在双肩包里那支沉重粗大的全钢圆珠笔。你小本本上最后那些零碎笔记，差不多都是用它写出来的。

有天晚上，布拉格一家咖啡厅举办我的作品朗读会。苏珊娜·李翻译了我一部中篇小说几个章节，翻译了我上回离开捷克以后写下的散文《布拉格涂鸦》。

一位年轻人用捷克语朗读，他声调低缓，忽而坚定。咖啡厅里异常安静。每张桌子的烛火微微跳动。那么多双纯净漂亮的眼睛望着同一个方向，温暖的光斑在这些眼睛里闪动。

突然，笑声爆发出来。我赶紧翻动中文，请译者指给我刚才念到的是什么地方。我也忍不住笑。好像这作品不是我写的，它完全出自一个陌生人手笔。笑声又一次爆发出来。咖啡厅在半地下，窗外人行道上许多鞋子匆匆走过。非常巧合，室内的笑声与窗外一阵狂笑同时响起，于是这室内的笑声愈加高涨。

朗诵真长，感觉总也念不完。我十分担心听众不耐烦。可笑声还是零星出现在某个角落。我真有些难为情。所以，最后主持人要求我来一段汉语朗诵时，我提出干脆为大家念一首我翻译的小诗吧，只有四句。大家拍了巴掌。我站起来，用藏语和汉语朗诵西藏第六世达赖喇嘛洛桑仁钦仓央嘉措的圣歌——雪白的仙鹤啊，借我羽翼之力，说好不往远方，只是飞飞理塘。我同大家讲，仓央嘉措诗歌不是情歌，也非道歌，他本人更不是什么情僧。从内容看，他是一位优美的多用隐喻的现实主义诗人。对仓央嘉措的误读曲解，对他作品的刻意歪曲和伪造，正是"喧嚣"的效应。谁孤独？我们今天在喧嚣的粗暴和喧嚣的谎言里，才会感到孤独之痛。我意犹未尽，又主动用藏语唱了一遍这首短诗。大家开心到极点。举杯。碰杯。干杯。握手。拥抱。永远也听不清对方说些什么的交谈……我喝得有点大了。这时，你的忘年交马扎尔坐到我边上，记不清他从衣服兜，还是从提包里掏出这支笔，说："今天我送给你一件礼物，这是赫拉巴尔用过的。他在世的时候，我从他写字台上顺手拿走的。现在，它属于你了。因为你为他的作品在中国推广做了许多。这支笔，应该是你的，你配得到它。你把它带到中国去吧。它也许还能写出字来。但是，请你在捷克不要声张，否则出关的时候，会给你带来麻烦。"

马扎尔这么做，你觉得怎样？首先，你要原谅他的"偷窃"。我还听说，你们现任总统也有对于书写工具的偏爱，在重大外交场合，他顺手牵羊遮遮掩掩地拿走了一支漂亮的笔，结果媒体曝光，被公众指责得非常难堪。马扎尔的情况不同。他太爱你的作

本书作者接受马扎尔赠送的赫拉巴尔生前使用的一支笔

品了。他太爱你了。他想留下一点你用过的东西，留下一点跟你相关的物质，感觉就能把你留下来，仿佛你还坐在我们旁边喝酒，我们还可以听到读到你新写的东西。你的存在，要知道，对于我们这些写作者而言，意义非同小可。换了我，也会如此"偷窃"。因为你没有后人。你的一点一滴，我都会无比珍惜。其实，我们都不是拜物主义者。古印度佛教信仰，起初也是不立神像的。后来，千姿百态的佛画造像和各样神迹遗物，也是作用于广大信众的膜拜。没有办法，赫拉巴尔先生，你的精神和内心，我们尚且无法全部领会，就只好借助于你物质的启发和安慰了。

赫拉巴尔先生，你这支笔，时常被我抱在胸口，有时候，我几乎要将它摁进自己的胸膛。在捷克，我每天都要将这支笔拿到手上。我带着它到过许多地方。到过你的出生地布尔诺，到过你在布拉格8区两处都居住了二十年左右的地方，一处是利贝尼帕莫夫卡地铁站旁的堤坝巷24号，还有一处公寓楼，具体地址是考斯泰勒克瓦1105号1栋五层37号。我甚至带它去了斯帕莱纳大街你那废纸回收站，去了你劳动过的犹太小教堂、诺依曼剧院和克拉德诺炼钢厂，去了你结婚庆典的利贝尼小宫堡。我还带它进进出出许多你经常光顾的酒家，金虎，金锚，哈谢克的酒家，卡瓦拿酒家。无数次经过民族大街南侧的作家出版社大楼。我带着你回到童年的宁布尔克啤酒厂，回到你家搬出啤酒厂住到河边的房子，回到拉贝河畔那座"时光静止的小城"，回到森林小屋和森林酒家，回到你的家族墓地……我带着你在布拉格你这既喧嚣又孤独的城市和近郊游荡。现在，你来到中国，来到北京。我把一些热爱你的朋友，也是我觉得够格与你会面的朋友，介绍给你。他们把你放在掌心掂量，如同掂量着一大块金条。他们纷纷与你合影，深情地摩挲着你。

我也细心研究过你这支颇具个性的笔。它从里到外都是钢，不锈钢，所以比许多书写工具都要沉重。有时拿在手上，错觉是拿了一把改锥。我从作家马扎尔那里得到这支笔，非常高兴，你能想象我高兴成什么样子。我在纸上试了试，划出蓝色线条，写字也没有问题。我拧开它，取出已经漏油变质的笔芯，一股强烈刺鼻的哈喇味。笔芯没有品牌标识，也没有任何制造说明。只是笔杆上，浅浅地腐蚀着"Bayer"和一个小圆圈里的十字。毫不费力，我在网络上查到，这是全球著名的德国拜耳公司的标识。公司成立于一八六三年，是一家技术领先的大型化学公司。生产经营产品有一万多种，涉及药品、诊断技术设备、作物保护产品、塑料合成橡胶、橡胶化学制品、纤维染料。一个行动不便的老人，使用这么粗壮沉重的笔，我在想，你究竟是什么性格？这支笔你是如何得到的？我无从知晓。网络上根本查找不到它。我想它大概是公司的一件纪念品。再看，这笔身上，帽和杆，表面布满纤细的划痕，也有几处微小的疤坑。缠裹在笔身中段的防滑胶圈缺损。特别是笔杆尾部的小帽，并非旋紧在笔杆上，而是塞进笔杆里。小帽的边沿有一处几乎察觉不到的开裂，如同瓷器的微冲。这可要了命，写字用力过度，笔芯就把小帽顶出去了。没办法，我只能用两条创可贴把你包扎起来，仿佛战场上一个不下火线的伤兵。马扎尔先生说，如果赫拉巴尔看到这支笔今天被包扎成这般模样，也一定会认可的。他要我不必拆去创可贴，更不要用电焊修复。我想马扎尔从这样的笔，回想到你的真实面貌。我大体能够判断，这支笔显然经历了许多摔打。难道你在晚年不就是这样一副形象吗？这支笔，它吃尽了一个伟大作家和老年酒徒的苦头。你行动不便，跌跌撞撞，身体脸上摔得都是淤青。你的生活已经离不开马扎尔这些年轻朋友的照料。赫拉巴尔先生，现在我相信，并且也断定，你真的是自己从医院窗口翻身下去。你身体往下坠落，你的目光却在天庭。你觉得自己被一股暖暖的光明的气流托举起来，是在上升，上升。这上升的过程总归无限，然后，一切都变得那么轻松。我想起你说过一句话：衰弱是我的力量，失败是我的胜利。

四

尊敬的赫拉巴尔先生，那天，我带着你这支笔，去拜访著名作家伊凡·克里玛。想必你同克里玛先生也是老熟人。

秋天深了。布拉格的天色，好像随时随刻会有冰冷的雨水落下。我坐在克里玛先生家二楼的书房。克里玛的小楼有三层。从一楼门厅的一侧，顺着木板楼梯旋转着往上走，楼梯的墙壁上挂满了绘画，克里玛说这是孩子的作品。他的书房也是会客厅，用书架隔开。弧形大窗外面，季节的黄和绿在风中飘摇，金黄的叶片纷纷扬扬洒落。有那么一会工夫，我觉得不是窗外的枝叶在动，是我们的房子在动，好像一艘游艇，驶入狭窄危险的航道，披荆斩棘，船头小心翼翼地划开垂落遮挡在水面的岸边植物。我担心舱外会有强盗出没。

"要下雨吧。"我说。

"不会的，不会下雨，你看，有风，西南风，会把雨吹走。"克里玛望着窗外，说话轻微如同自言自语，并且他的捷克语听起来好像一条平直的线，没有弯曲，没有疙瘩，又如同一片小小的水面，没有起伏。

"你懂英语吗？"

"不懂。很抱歉，克里玛先生。"我说。

"那我们只好借助翻译了。"

我请克里玛在他的新书上签个名，并且把你的笔递给他。

"克里玛先生，您知道您正在使用的笔是谁的吗？"我故作神秘，"赫拉巴尔。"

"赫拉巴尔？"

我告诉他这支笔的来历。克里玛正好写完，"赫拉巴尔用过的，那我要好好看看它。"他把笔拿近些，看看，还给我。

我说："这笔已经写不出了，因为笔芯也是赫拉巴尔的，有十四五年了。可是您却用它写出来。"

那天，我用这笔做着谈话记录。没写两页纸，就再也写不出来。那感觉真不怎么样，就好像突然断电，而且再也不能恢复供电。克里玛脸上带着歉意说："没关系，没关系，你再换个笔芯，它还能用。"

所以，现在我用这笔书写，已经更换过笔芯。你的笔芯，我单独收藏着。

为了和克里玛见面，我事先准备了十六个问题。原本不想耽误他的时间，况且我还要在傍晚从城南 4 区克里玛家赶回老城中心，到卡瓦拿酒家约见几位作家和出版人。没想到，这十六个问题，经过汉语翻译成捷克语，又经过捷克语翻译成汉语，再加上克里玛先生的认真回答，花去了将近三个小时。克里玛平易的谈话，让我时时感到会心，笔下不停地记录，根本没有更多机会发表我自己的观点，这是我感到遗憾的地方。不过，这对我并不重要。

"您这是采访吗？记者的采访，我要看看。"他说。

我说："克里玛先生，我作为一个写作者来拜访您，我不是记者。我们的谈话，我将来也许写，也许什么都不写。"

克里玛说："你随便。我跟你开玩笑的。我们开始吧。"

"我读过《布拉格精神》，您那篇文章里好像有这么一句话，我也记得不准确，是说这世界上的争斗，不是善恶之争，而是两种势力的恶在争斗。"我说。

克里玛说："好像有，我记不清了。我写过的东西，自己都记不住。不过你是在哪里看到的？我的《布拉格精神》还没有在捷克发表，是用英文在国外发表的。你们大概从英文翻译。"

谈话中，克里玛时时站起，走到书架，从上面取来一册图书。或者，到书桌那边，搬来笔记本电脑，放在腿上翻检资料。

我的问题大体如下：您还在写作吗？您最具代表性的作品？您用什么写作？笔，打字机，电脑？您有无写作提纲？您写作是完成一个再写下一个，还是两个或更多个一起动手？您最希望自己的哪几部作品先介绍给中国读者？您了解中国的文人作家作品吗？您的爱情观（这不是通俗杂志的提问）？您如何看待异性？您认为在捷克，自己或别人今后面对写作会有怎样的追求和困惑？您在《布拉格精神》中谈到的"悖谬"会一直存在下去吗？您对中国的年轻作家有什么忠告？您如何看待当年东欧的"地下文学"，它今天还存在吗？或者永远存在？您如何看待作家与体力劳动的关系？什么是谎言？先苦后甜，这是您对自由的美妙理解？在期待中生长，然后才能体会到什么是幸福吗？这也是悖谬？福祸相互依存？您对文学语言的认识？您如何看待死亡？

以下，是克里玛先生说的：

我每天都写。正在写的小说集，已经完成了。但是，我今天晚上还要写另一篇，我要再加上一篇小说。

《我的疯狂世纪》已经出版了两本，出版社还要我的第三册《我的疯狂世纪》。我还要写一部长篇小说。

我的代表作是短篇小说集《我快乐的早晨》。这个集子里的《我的初恋》，是重要的。

我的作品被翻译最多的还是长篇小说《爱情与垃圾》。但是在捷克，回忆录题材最受读者欢迎，可是回忆录跟小说完全两码事。我是小说作家。捷克人爱读书，主要是女人爱读书，男的也就十分之一。

德国作家拉赫尼斯基认为我最好的小说是《等待黑暗，等待光明》。还有些批评家认为《被审判的法官》最好。这是我最后写的小说。我自己也不清楚究竟什么是自己的代表作。

当然最初写作是用笔，我已经用了二十三年电脑。刚才说的那些小说是用笔写的。

写作提纲？细致的没有。短篇小说，是想好以后才写，胸有成竹。长篇小说，比如《等待黑暗，等待光明》，是早年写过的中篇小说，自己不满意。一九八九年以后，想到写个新题材。但是，小说里一个摄影师拍电影的故事，恰恰就是将曾经废弃的小说利用到新的作品里。现在，我也想不起那摄影师拍摄的究竟是什么故事了，我只记得当时自己的写作状态。

现在，我的作品是一个一个写。年轻的时候有两三个一起写。我曾经做过很多年报刊记者。我不是新闻记者，而是我们捷克特有的写随笔、小品、杂文的记者。所以，我很能写，能一边从事别的工作一边写作，不怕干扰。

我希望自己的作品能介绍到中国。但我对中国读者不了解，很难判断他们的口味。《我的疯狂世纪》是随笔和纪实。因为我们两个国家有着同样共产党统治经验，也许这样的作品，容易让中国读者接受。

年轻时，我读过不少中国古典诗歌，读过老子庄子，陶渊明，白居易。还读过韩国人写中国古代法官的故事。中国现当代作家作品没有读过，仅仅会见过几位中国作家。对了，我正在读高行健，《灵山》的捷文版，不错。

我认为文学过去、现在、未来都是一样的，那就是人际关系。当然时代会影响人际关系。人际关系会受到政治体制影响。

当今捷克最大的社会问题，人，多数人唯一目的就是挣钱。这也是一种悖谬，相对于布拉格的历史文化色彩。这也是自由社会的悖谬，因为人和社会一旦得到自由，人的选择往往是错误的。现在人有了自由，反而受到别人影响。以往，个人受到专政极权影响。现在，受到外来影响。现在是用隐蔽的、高级的手段技巧来施加影响。

"地下文学"，是历史，已经不存在了。以后不好说。"萨米亚特"就是地下。它出现的背景是不能公开出版发表作品，唯一方法只能抄写给朋友传看。今天什么都可以出版，顶多是个钱的问题。如果没有出版商，自己也可以印出来。关键是关系和朋友的帮助。其实，真正的作家，还是要走当年"地下"的途径。有位诗人得不到出版，每年把写下的自己印出来，送给我。

我参加体力劳动不多。但有过体力劳动经验是好事，作家得到的所有经验，只要是能让自己生存下去的经验，就是好的经验。我非常遗憾现在岁数大了，没有人能雇用我做个职员了，我已经八十岁了。

你不用担心时间，我们多交流。什么是谎言？一般来说，假如存在客观真理，我们所说的大多或一切都是谎言。若严肃回答这个问题，那么，某人有意识地说些不真实的或与真实存在差异的话，就是谎言。结婚后，男人说去参加作品研讨会，而实际是去约会情人。如果他会说谎，还能具体编造出参加了什么什么作品的研讨会。

我心里怀着爱情看待异性。我对异性是有爱情的。男女是不同类型的人，女人更容易被伤害，更感情化，她们更爱孩子。一个家庭，男女关要是好的话，就必须明白这些。很多男人把自己当做尺度，自私，不顾及女人。所以，婚姻好的不多，原因就是男人不愿意从女人的角度看待问题。

我们没有语言交流，你也不能用英语，我平时还可以听懂一点点意大利语的单词。可你们说的汉语，我一个词都听不懂。你们就是把我说成昆虫我也不知道。（我说："我们就叫昆虫间的对话吧。"）那是你的自由，你随便。

福祸互为依存？幸福和苦难如同两极，这是两个概念，但只是一个问题。这个问题是理念的，哲学的。幸福和苦难，在生活中不同的人，他们会有不同的感受和经验，尺度和量化都不一样，但这个话题离实际生活很远，理念和哲学的讨论，往往很动听，但作为一个作家，不应当这样思考，因为这是哲学，一个作家若如此思考，就会变得过于僵硬，写出来的东西会非常死板，结构也死板。

语言是交流的媒介。一个作家的语言是接近读者心灵的前提。现在比较突出的问题，人生活在语言繁杂语言爆炸的环境里。很多语言，快被语言淹死了。你唯一的防御，就是只听一半，只要听一半就够了，不必仔细听。今天，作家要用语言冲破繁杂爆炸的环境，必须语言好，我们才能冲破环境。

语言是作品的基础。语言没有意思，没有感觉，不会是一位好作家。好的语言应该是，丰富，容易理解，不要用现成的表达，不要墨守成规。

我现在完成的小说集，里面的作品都非常短，目的是为了省略，只有必要的单词才写，没必要就舍弃。比如说，安静和宁静。有许多现成的说法，和墓地一样安静，和教堂一样宁静，或者，完全安静，彻底安静，或者，那里很安静。

干脆就"安静"一个词最好。今天，最好是一个形容词也不加的"安静"，就是安静。我们平时用的形容词是不必要的。

真巧，昨天我还想到"死亡"这个问题。大概二十岁的时候，我认为人死是很难过的很悲惨的。后来想，人生唯一不能改变的，就是自己的死亡。所以也就没有必要过多去想了。现在我八十岁，已经没有多少年了，可是我对死亡也没有多大感觉，所以死亡也不是我的什么话题。我年轻时候作品里会写到死亡，比现在写得多。我第一部长篇小说大概写死亡最多，那是《一个小时的安静》。我夫人很乐观，我哪怕提到一次死亡，我快要死了，她就要说，住嘴！你别瞎想了！

我现在的身体很健康。虽然年纪大了，但在平时也不怎么想到死亡。

其实任何人对任何人的任何忠告，都是没有作用的。关于写作，就算是有两个忠告吧，一是要写自己心中的感受，而不要那类别人问你什么你回答什么的写作。第二，也是最实际的忠告，不要写完就交出去。我写过的每一篇作品，每一句话，起码要读上十遍，第十遍还要修改。你可能认为我年纪老了才这样，可是我年轻时就一直是这样做的。

好的小说是非常简单的，比如契诃夫和海明威。我喜欢《草原》和《在密执安营地》，景色的描写，很好。

我们今天谈了这么多，我们关于写作、语言、女人、作品、忠告、真话与谎言、苦难与幸福、死亡，什么都谈了……（我们异口同声，"就差谈谈上帝了。"）

赫拉巴尔先生，我从克里玛那里出来，立即赶往我住处附近的卡瓦拿酒家。喝酒，吃饭，交谈，然后才回到住处。我想赶紧整理当天的笔记，因为累，太累了，就躺到床上去。天亮了吗？醒来才夜里十一点多，只睡过两个小时。

在梦里，我哭，一直哭，非常焦虑。我完全是哭醒的。醒来脸上还有未干的眼泪。梦的场景在北京市商业中心王府井北大街中华书局和商务印书馆院门外，北侧墙下。王府井大街，近乎布拉格的瓦茨拉夫大街。中华书局早已搬迁到城市西南的丰台区，但梦里它还在王府井。天空是沙暴的暗黄。我躲在一个棚子里，好像一处存放自行车的车棚。我焦虑的是自己为什么不能再进行写作了。我为不能写作感到极度窒息、压抑和难过。旁边似乎有人劝慰。我说，小说是不能写了，散文也脱不出汪曾祺、黄裳、周作人这些套路，有什么意思。醒来还是非常痛苦，可比梦里要好受些。我把玩过一会你的这支圆珠笔，冲了个澡，打开房间暖气，开始整理笔记。

暖气燃烧受室内气温自动调控，如同爆炸，"轰"的一声开始，整个房间都是烈火的声音。屋子渐渐热起来。然后，煤气轻轻熄灭，如此反复，伴随我一个通宵。窗帘的缝隙透进亮光。

五

尊敬的赫拉巴尔先生，我童年在乡村生活，黎明总要听到鸡叫。布拉格的黎明，只有巷子里远远传来装卸啤酒筒的滚地雷鸣。

这个城市每天消耗多少啤酒？它们又将变成多少升多少公升多少筒尿液？我真佩服布拉格的排污系统，具体说，是城市的排尿系统。你们不分男女，全都饮酒。我们中国女人，在饭桌上，酒吧里，几乎百分之九十会说："我不喝酒。"而捷克，在布拉格，女人只要坐到酒家餐厅，啤酒红酒白葡萄酒甚至带点劲儿的什么白酒，全来。我在想，中国女人是否生理上有什么特殊性？我也想到，酒，它能唤起人的个性，能让每一个人在那一刻回到自我。这就涉及了道德和风俗。表面看，中国女性情感保守。保守也是外在，用含蓄描摹她们，比较准确。我们的女人，有味儿，当然不是一种味道的味儿，更不是狐臭。假如你到中国，还望多多包涵。我们能陪你喝点儿的女人，有，但更多是些傻喝狂喝海喝往死里喝的男子。我们男人在酒桌上，个个豪气冲天，谁也不服谁，声音一个高过一个，谁也压不倒谁，数十年的千万压抑，全都在那么小的酒盅里释放出来。据说你算是能喝好喝的，可你那些同我喝过的酒友，他们足以证明我的酒量和酒胆。其实我在中国，根本算不上一个饮者。我们男人容易张扬，而我们的女人比较低调。张扬并非刚强，低调也不是柔弱。我们有财神，有灶王神。你们有酒神，有诗神，有爱神。咱们实在是两码事。这次出门，我随便带了本我们宋朝人的《东京梦华录》。一路上读读，无一处不同饮食发生联系。我们出土的上古文物，也多为饮馔器皿。扯远了。比较而言，我更接受你们那里喝酒的空气。友好，相互倾听，笑，或者哭。紧盯着自己酒杯，沉醉地微微摇头，搞不清这表情是赞同还是反对，如同伏尔塔瓦河，平静流淌，如果没有人为造作，没有自然的疯狂，这条河水，简直不会发出一点声响，没有任何波澜。这大概能够概括你们的民族吧，无从驯服的柔弱，并且从这柔弱之中，滋生出幽默和创造。

我从电脑屏幕上抬眼站起来，撩开窗帘，天亮了。披上外套，逐一打开双层窗户。这真是一个清新的早晨。天空还有浅浅的月色。嫩黄的太阳从我这一边窗玻璃，反光到对面楼房的墙上，是许多窗的明亮影子。远近教堂，钟声正在敲响。每一声钟鸣，都敲进老城街巷中床铺上的人和我这个写作者的脑子里。我对如此凌乱的钟声，感到措手不及，我想用头脑将它们的每一个音调单独剥离出来，储存起来，留作标本，供自己好好分析。可是，我的头脑根本就不能招架这弥漫在空气里一波一波的声响，它们来自上帝的天堂。

钟声过后，仿古煤气路灯的钨丝渐渐熄灭。巷子里门响。然后，不知道从哪个古老的门洞出来一个拖着大箱包的人，急匆匆，哗哗啦啦走远，消失在小巷弯曲的尽头。扫街的吸尘小车开始哮喘。本地人心事重重地走过。石块石钉路面，尤其让年轻女人的高跟鞋不能施展，她们只能紧盯路面，在二十公分宽的长条石块路牙上行走，似乎怀着隐情。架着单拐或双拐的老人，夫妻双双，相携而行。这样的道路，让人不得不低头思索。

窗沿下的小巷，整个白天，游客也不多。即便吵吵嚷嚷来一大群，也多是转晕了，迷途的羔羊。或者，导游将游客从伏尔塔瓦河右岸大道引过来，有意择路而行。原本要通过克洛瓦街到老城广场。克洛瓦街拥挤不堪，鞋子都要被踩掉。旁边的安奈斯卡小巷，除了每天放学的孩子，总是安宁。只有挖掘路面的小型碎石机和铲车能够打破这安宁。有一个多星期，从上午到下午，安奈斯卡小巷被下水管道或电缆维修工程骚扰，终日嘈杂。机械停止运作，改为人工作业，两个工人一点一点干着。他们小心翼翼的样子，如同考古的田野试掘。过了几天，那个好似墓穴的土坑已经有一米多深。我每回走进安奈斯卡小巷，远远就见到地面上两颗人头晃动。走近看，这两个工人停下手头工作，正在轻声争辩。他们双方的语气舒缓，疲惫，无奈。我站在上面看他们，看了半天，他们就一直那么软软争辩着。我猜想，他们正商量着谁把谁安葬在这个坑里。

　　赫拉巴尔先生，这回我到捷克，多数有收益的活动，都在酒家进行，主要是我楼下几十步路的瑞塔佐瓦小街 10 号，也是布拉格 1 区编号第 244 栋的卡瓦拿酒家。我经常独自到那里解决中饭晚饭，一大盘"古拉什"酸菜馒头片，喝上两扎啤酒一杯红酒。

我基本都固定在紧靠方形立柱那个唯一的单人小方桌。酒家墙壁挂满了捷克作家、诗人、学者肖像的黑白摄影。大大小小的黑色镜框，你也挂在上面。我能认出的还有赛弗尔特、卢斯蒂戈和托波尔。

早年"东欧"的萨米亚特"地下作家"群，应该说他们今天还依然存在。早年"地下"，完全政治意味，现在则转化为"非主流"。他们绝不屈从任何商业写作。他们对现实总是批判。他们思想独立。他们更注重文学本身的探索。他们拒绝凝固，不大追求人生利益的换算得失。

卡瓦拿酒家还真有地下。布拉格老城的酒家、戏院、商铺，为扩展空间，只得挖掘地下。卡瓦拿酒家是布拉格今天"地下作家"的聚会场所，这是一般游客不可能了解到的。一般游客多到克林顿总统、哈维尔总统与你赫拉巴尔先生会面的金虎酒家参观。

在卡瓦拿酒家，作家们的活动多在地下，而我基本都在地面，因为那地下的"圈子"并不欢迎一个陌生人的闯入。我虽然受到欢迎，可不能语言交流，终归还是陌生。

我在卡瓦拿酒家会见了几位作家和出版人。特别要提到你的传记作者马扎尔先生、著名作家托波尔先生和颇具声望的托尔斯特文学出版社老板维克多先生、我的捷文作品出版人帕维勒卡先生。他们都是我的写作和出版同行。我从这些新老相识那里，了解到今天捷克文学和出版的点滴，有些恐怕也是你闻所未闻。

嘿！这个世界的变化可真叫快。我来告诉你吧。

作家托波尔专程赶来同我见面，他说自己这一路就是考虑还要不要写作。最后，他来到卡瓦拿酒家，坚定了，必须回到写作。

托波尔，一九六二年出生。到过北京。他在捷克的文学地位，据我理解，相当于中国的王朔。托波尔在哈维尔图书馆工作，平时操办许多与文学相关的活动，非常繁忙。他已经四年没再写作了。

托波尔说：

当今作家的写作不专心，大多很肤浅。特别年轻一代写作，他们不能集中精力，往往虎头蛇尾，一个作品开头都不错，但却难以为继。这大概由于新媒体的影响。

我能认可的刊物只有 *HOST*（客人）和一个文学网站 *ILITERAFARA*。

一九八九年以前，我们"天鹅绒革命"以前的文学，毫无疑问，是有力量的。之后，大家都有一种生命灭亡的感觉，当然我所指的是文学生命。政治的影响，非常重要。现在，我们社会自由了，原先那类一有出版就会得到反响的作品，现在却显得陈旧了，好像是博物馆里的东西，失去了新颖的影响。再就是技术层面问题。原本阅读是自然的，是教育的一部分。我女儿十四岁，也在阅读，可是在同学中总表现得贵族化，因为其他同学一般都不看书，只知道上网和发发手机短信。

我自己有时候甚至想，干脆让写作的生活死去吧，这样一来倒可以专心工作了，专心赚钱，专心于家庭。单纯些的生活，多好。要么，干脆什么都不必顾及，专心写作也好。

当然，写作会得到一些女孩子的青睐，她们总是喜欢写作的男人，想要了解窥探作家的生活。这会很麻烦。当然，还要应付新书发布会，应付各种活动，也很麻烦。

搞文学的去写电视剧，在我们这里会被看不起，特别是一个纯粹的作家。我们拒绝电视文化，家里也不要电视机。好的作家绝对不会去写电视剧，那是通俗作家的专利。电视剧写作，一定会影响自己的文学写作。当然，我也不否认挣钱，但挣钱的方式必须跟自己的写作分开。一个作家，他为了挣钱，还不如到广告公司写文案，搞搞策划，也不必署名，就是赚钱而已。电视节目往往都是垃圾。我也可以做记者，拍点电视纪录片。这对写作依然会打断。

我原先写小人物故事，表面没有政治色彩，都是反思过去的历史。我作品中脏话骂人的话也很多。我以后的写作，都会改变。我要写现实了，写现实。

死亡，孤独，爱情，生存，将是我要关注的。

与托波尔的两次见面，他都匆匆忙忙。来了，坐坐，不吃不喝，抽三两支烟，起身告辞。他说女儿和妻子在家等着他回去做饭。她们最喜欢吃他做的饭啦。我笑。这样的丈夫，这样的父亲，他还有什么办法在外面瞎混呢？

托尔斯特文学出版社老板维克多先生说：

我们出版社成立已经整整二十年了，现在两个人，我，还有一位助手。

我们的编辑都是外聘。图书委托发行公司发行。一般是五二折发货，发行商拿百分之四十八。

作家稿酬分为一次性稿酬和版税两种。作家任意选择。作家版税都是百分之十。

我每年出版图书二十个品种，全都是捷克小说家和诗人的作品。

一部作品的出版，首印数几百册不等。首印能达到上千册就非常满足了。我们国家人口一千万多一点。

最近这些年，我出版了一个女作家写蒙古国的小说，受欢迎。这部书首印两千册，五年内总共发行了两万多册。

我每年的利润是 80000 捷克克朗（折合人民币两万到三万）。除去一切支出和工作开销，只有微利。

你们捷克图书一般都是没有定价的。一本书卖多少钱，完全由书店确定。今天一个定价，好卖，明天扯去定价小粘贴，换一个价签，就涨了。我粗粗一算，你们书价大约比中国的书价贵上三倍。

我还记得三年前到著名的捷克青年阵线出版社访问。它相当于我们国家的中国青年出版社。不过，已经完全私营。青年阵线出版社每年出版一百八十种图书，其中四十种属于儿童文学，既有原创，也有引进国外版权，还有经典文学翻译，比如我们的唐诗宋词。其他出版品种是工具书、小说、非小说、百科全书。他们出版捷克最具影响力的作家，比如赫拉巴尔先生你的文集，共有十八本，每过一年半，都会换个封面包装重印两三千册。因为每一代读者都会接受全新的设计。他们还有杂志三十种，其中两种面对青少年，另外是医学、生活、如何当好父母的各类期刊。他们还有报纸。一般图书起印三千册，但文学类图书最终都能卖到六千册。这家大型出版社共有三百人。其中图书编辑仅二十人。主要利用外部人力资源，外聘编辑。出版社本身并不需要许多编辑。

我的出版人帕维勒卡先生是一九五四年出生的，你应该熟悉。按说他年纪也不算老，满头华发，成熟得如同七老八十。他说：

我们的很多图书确实是不印定价的，但我的出版物都有定价，因为我不想欺骗读者。他们不印，是为了效益最大化。有涨价的空间，越贵越好，可以随时调节价格。最近，税收增长，图书销售也要适应市场，定价可以伸缩，可以卖贵一些。

我的出版社成立于两年前，只有我一个人。现在聘请了几个，有搞装帧设计的，有管印制的。我是编辑兼发行联络。

开始，我也没有公司，现在建立了公司，就能够发放工资了。但聘用的人员也不是股东，他们不用坐班，计件付酬，看他完成什么工作项目。我也同时给别的出版公司打工当编辑。

我原先只有一个出版执照。没有公司，我就不能发放工资。按法律，只有公司运营才可以发放工资。

原本设想只出版我们捷克的小说，但挣不到钱。现在，除小说还出版历史纪实。我正在做的是一个老人对列宁的回忆，属于访谈记录。还有一本埃及考古学家的专著，有文学性，还有照片。另外一本，是一个阿尔巴尼亚女人的回忆录。这些都将在明年出版。

我开始主要出版捷克三十岁左右年轻作家的作品，试了试，不好卖。我今年只出版了四本书。去年是一本。明年打算出版二十本书。现在要考虑后年的工作了。经济不景气，所以任何预先安排也恐难实现。

我们对诺贝尔文学奖，不激动，没有什么感觉。但诺贝尔文学奖是有尊严并值得尊重的。它不乏政治游戏，确实也有政治因素，比如作品很好的得到奖励，但是最好的却得不到奖励。当然，所有的文学奖项几乎都有政治因素，回避不了世界观和立场的分歧。

我们有一个文学奖。这个奖，政治影响很少，至今还没有出现政治立场高于文学的选择。它是我们公认捷克最有声誉的文学奖。十年前，由文学界的一些人士建立，有卡罗维发利的矿泉水企业支持，这企业主是意大利人。大奖三十万克朗（折合人民币十万元）。大多是小说作品获奖，也有其他文体作品。

在捷克，还有赛弗尔特奖、卡夫卡奖、国家文学奖。赛弗尔特奖属于"七七宪章基金会"操办。这些奖项只有老作家和世界有成就的作家获得，主要考察一个作家全部的文学活动。

我们在一九八九年"天鹅绒革命"以后，因为社会背景不同于以往共产党的极权统治，也因为语言的转变，那些当年社会主义时期优越的作家已经没话可说。因为话语环境不同，说话的方式不同，一些当时还不错的作家，同样不被今天接受,所以基本都不写了。一九九五年以前,他们非常痛苦,反应也很激烈,但是之后,就平静了。

我们现在出版年轻作家的作品,一般说,也是毫无意义。一些出版社集中出版年轻作家作品,是为了赢得市场。其实,年轻作家没有目的,也没有目标。他们也许根本就不知道写作是为什么。写作的目的必须自己创造。可是,许多成熟作家,他们却失去了生存下去的理由,很多我的同龄人就是整天等着,等着等着,等着死亡,等死。我的同龄人,他们失去了理由。而青年人,却找不到理由。这世界真是无可奈何的感觉。没有上帝。我不相信上帝,但我相信,也许自然界最终会给他们理由。

(我插话:这个时代,就如同布拉格的匆匆游客。布拉格到处都是这样的游客。)

只要速度慢,就不是游客。

在卡瓦拿酒家,我听到大家对赫拉巴尔先生你的无比赞美和崇敬。但是,他们多数就不那么恭维米兰·昆德拉。他们认可昆德拉属于典型的知识分子,可却十分厌恶他的"作秀"。他们一致推崇去世不久的阿尔诺什特·卢斯蒂戈，认为他是一位不可多得的优秀作家，但是，我引进的长篇小说《白桦林》却并非他最好的作品。他们认为伊凡·克里玛是今天活着作家中的顶级人物，赞扬他文学语言的讲究，却批评他创作保守，缺乏突破。作家马扎尔引用赫拉巴尔先生你的话：好的文学作品，如同手帕里包裹着一个小刀片，在你擦鼻子的时候刺痛你，割伤你。赫拉巴尔先生，你讲过这话吧？你的文学果真是这么残忍。我发现，布拉格老男人差不多都要从衣兜裤兜里掏出一团手绢擦鼻子。他们擦完鼻子，擦汗，然后同你热情握手。

最后，马扎尔说："赫拉巴尔总要提到法国哲学家罗兰·巴特，写作，是一个孤单思维的方法。"

六

尊敬的赫拉巴尔先生，求你饶恕我。有件事总怀在心里，我一直不敢对你讲出来。因为我偷了你的东西。很希望自己能从你文学经验中偷点什么，可我还做不到。中国好的作家和好的作品，自一九一九年"五四"新文化运动以来，多数都从外国文学中偷些什么，甚至，完全偷。不偷，是不可能的。我们汉代唐宋的古典文学，也多汲取了外国音乐和哲学。我们一向以翻译手段来丰富自己的文化，最突出的就是佛像和《大藏经》。当然，你也承认自己从经典作家那里偷取，从老子的《道德经》里偷取。我说偷了你的东西，真可谓偷了。我还是自己斗胆说出来吧。

这次，我又从布拉格跑到你在克斯科的家族墓地。我这是第二次到坟上去探望你。去到你坟上之前，我在你克斯科森林小屋门口，精心捡拾了两粒洁白的鹅卵石，私心是想留个纪念。来到你家族墓地时，我回避着一同去看望你的朋友的视线，偷偷把衣兜里的两粒小石子放进你的墓池。然后，从你墓池中拿起一块鸡蛋大小的鹅卵石，偷偷装进衣兜。我自己安慰自己，这属于交换，以小换大，两个换一个。也是让沾染着森林小屋气息的石子，陪伴你和你的妻子。让它们向你报告，那些猫们的情况。从你墓池拿走的石头，我非常清楚，那是你在世的时候，亲手从家乡宁布尔克拉贝河畔精心捡来。它沾染着你的气息。当把这块石头放进衣兜的瞬间，我猛然就后悔了。可是，我没有机会也没有勇气再把它掏出来。我甚至连碰也不敢碰它一下，只好稀里糊涂将它带到了布拉格。

在布拉格，在捷克国内，我带着你的石头和圆珠笔，四处游荡。我想到，为了减轻自己的罪过，只是带着你的石头到你生命的地图中转转，然后再把它放在一个什么地方，或者委托朋友将它送回克斯科。直至最后，我离开捷克的时候，你的石头还在我衣服兜里。因为我不能确定把你放在什么地方最为妥当。把你放在酒家里？放在利贝尼的堤坝巷？放在你住过的公寓楼下？放在斯帕莱纳大街一旁的废纸回收站？沉入伏尔塔瓦河？送你到布洛夫卡医院？放到瓦茨拉夫广场的"大铜马"像下面？放到老城广场的胡斯像下？放到城堡山上？放进维申赫拉德圣彼得圣保罗教堂下的名人墓地？放进布拉格两片紧邻的庞大墓地，奥尔尚思凯和日多夫斯克？我如此迷恋墓地这样的地方。生命没有停止。常青藤紧紧缠绕覆盖着墓碑，仿佛一个个身披薜荔的鲜活生命。树叶纷纷落在叶片的墓床上，发出声响。或者，放到查理大学的什么学院？不过，我觉得哪里都不如克斯科好。克斯科那地方离你的森林小屋多么近，在布拉格和你老家宁布尔克小城的路途中间。你的亲人都在那里。还有，你的回忆，无尽的忧伤……赫拉巴尔先生，请原谅我。你的石头，现在也来到了中国。我将你和一位著名活佛的亲笔签名摆放在一起。但是，我在这里向你保证，你迟早还要回到捷克，回到你在布拉格近郊的克斯科森林。因为，眼下我的写作遇到许多问题，比托波尔遇到的问题恐怕还要多。写现实？写历史？想象有那么重要吗？什么才算真实的内容？还有没有新鲜的语言？文学能给今天带来什么？我们该如何借鉴外国文学经验？我们的民族和传统，该如何营养今天的创作？真的，老赫，我几乎坚持不下去了。内心同你晚年身上脸上的创伤一样，都是淤青泛紫的。有了你陪伴，我想自己会平静一些吧，兴许还能找到一个方向。赫拉巴尔先生，我的问题，大概也是不少中国作家面临的问题。我想你的存在，不仅可以帮助到我一个人，还可以指引更多在文学中求索的作家。

赫拉巴尔先生，从你那里，我似乎明白了文学的真实。这真实高于一切，同它并肩高度的唯有语言。除此之外，我明白了一个作家应该如何生活。我们的作家，他们"作家意识"真是太强了，作家大会，作家证件，作家职务，作家职称（也属于物质待遇），作家体验生活，作家基层干部。这状况，你自然并非陌生。作家就好像警察，作家的头衔又好像警察手中的警徽或警官证，走到什么地方都要出示给人看。也许你正是对此深恶痛绝，才要为了文学而选择自己的人生之路，一生都在社会底层，在边缘，在小酒馆里。我到捷克没有见过一个优越感十足的作家。我能随口说出十几二十位你们现当代的诗人、作家，并且对我们的影响深远。而你们顶多说出我们的老庄、唐诗宋词，现当代文学一个都不知道，即使知道一两位作家，对你们也不产生丝毫影响。末了，我只能说，你们是人口小国，文学大国。而我们，一个人口大国，却是文学小国。"五四"带来的中华民族文化进步成分，毋庸置疑，巨大的丢失，也不可不正视。

老赫，说到真实，我们作家多数不知道真实何在。据说前些日子来了一位美国电影编剧大师，他讲，电影要少说话。这点常识居然很多人从未听到过，即便听到，也做不到。其实，小说更要少说话，甚至千万不要讲故事。这一点，恐怕就没有多少人能够理解。真实尽在不言中。

再说语言。没有想到，我在你们国家接触到的汉语翻译和汉学家，他们对中国文学语言的敏感，甚至大大超过我们自己的作家和读者。这让我感到十分羞涩。我们今天绝大多数作家作品，反倒没有语言。那么，当爱情已成往事，当环保已成往事，当政治已成往事，当命运的纠结已成往事，当宏大叙事已成云烟，当什么什么都成了浮云，剩下就是回忆了。而回忆中的事物，只有语言可以准确发现他们，并且推动他们。语言找到了，一个作家的全部就找到了。我这话说出来，对于我们当代文学那些主流光环作家来讲，近乎嘲讽，可对于我自己，却是鞭策。我的老师汪曾祺先生说，回到现实主义，回到民族传统。他讲话，是有深意的。

对了，赫拉巴尔先生，我前天整理旧照片，忽然发现一个巧合，我都不敢相信的巧合。你在一九九七年二月三日从布洛夫卡医院病房的六层窗口翻身坠下，时间大约是午后两点多一点。布拉格和北京在这个季节时差七小时。这时间正是北京晚上九点过。汪曾祺先生从他家到我家，坐了一会。我还开玩笑说他像个活佛，并请他为我摸顶，然后，我们几个年轻人和他步行到长安大戏院地下一层的酒吧喝酒，然后，我们跳舞唱歌……五月，汪先生也离开了。

还是让文学回到生活中吧。回到世俗的生活中，文学就是活的，文学的问题要靠文学自身来解释。在捷克，你们文学的传统，离不开小酒馆。在中国，我们的文学传统也离不开小酒小菜。那就让文学回归到民族的人的普通生活里。我们一旦违背了这个传统和规律，文学必将丧失自我，必将为他人利用，必将成为势力集团的工具，必将灭亡。因为你们和你们的文学从不屈服，你们和你们的作品才在"地下"生长。你们文学的气质性格，就是甘愿于"地下"，永远在"地下"。虽然光亮微弱，但黑暗中，任何光亮都会发出夺目的色彩。

尊敬的赫拉巴尔先生，我在布拉格居住了一个月。我住在老城中心。许多日子，我就是徒步，完全没有目的，也毫无目标。开始，我背着包，手里拿着地图和照相机。后来，相机地图都放进背包里。再后来，背包手表相机都丢在住处，兜里只有地图钱包和护照。东，我走到火车总站，国家歌剧院。南，走过了维申赫拉德，伏尔塔瓦河两岸已是郁郁葱葱的树林和灌木。西，我越过城堡。北，顺着伏尔塔瓦河到了圣萨尔瓦多教堂。我狂走，我慢行，有时也坐在草地上石阶上休息，如同交响乐的几个乐章，节奏快中慢，松紧有度。布拉格老城的街巷，我走过无数回。现在闭上眼睛，还能熟悉地默走那些迷宫一般的小巷子。我走得苦不堪言。走得自己老毛病都犯了，最后只能躺倒遐想。

我还记得，卡若里奈街一家老酒馆。一个年轻人他已经醉了。阳光从窗子上的排风扇那里照进来，室内青烟的光柱旋转曼舞。黄颜色墙面挂着老旧的油画和记账的小黑板，还贴着几张旧招贴。

望望头顶斑驳的天花板，恍惚我这是置身在古巴哈瓦那。这年轻人趴在酒桌上，不出声说话，他说给嘴里吐出的香烟听。不久，他笑了，双手撑住桌子直起身，继续喝酒。紧接着，他莫名地兴奋起来，开始双手在酒桌的边沿敲打。假如这时酒家能放上一曲钢琴独奏，衬托出的一定是位大师级的钢琴演奏家。

我还记得，住处楼下的一家老古玩店。上回来，我住在这家古玩店隔壁的帝王酒店。我推门进去。门铃叮咚一响，老板从昏暗的里间出来。我比划着问他还认识我吗？我买过他的东西，一只百年的狗熊小木雕。他不记得。我还帮他鉴定过一个中国春宫画册页。他还是不记得。我说那是三年前的事情。我掏出他店铺的名片。他态度热情地说，三年前，那是他的父亲。我说你们很像，脸，眼睛，鼻子，白胡须，完全是一个人。他说是的。古玩店，尤其这种老古玩店，店面凌乱，幻觉是到处布满了蜘蛛网。店主都故作老气横秋。这些都是某种信誉的象征。

我还记得，这次又到你的家乡河畔小城宁布尔克。上次开车。这回乘火车。老旧列车刹车时刺耳的金属声响，让我一下子回到自己的童年。那些胶东半岛冷清的小小车站，黄色的拉毛墙面。总也不会有列车停靠。离家多年的人，总也不见回来。宁布尔克，真是一座"时光静止的小城"。中心教堂是最高建筑。街巷都是平房。小广场中央有避瘟柱。雕像圣人的头顶和手掌总有鸽子睡觉。圣贤脑袋上被鸟粪污染。广场周边的房子多为三两层。车辆停靠在街边，好像周末幼儿园里被孩子们遗忘的玩具。天黑了，民居的窗子遮掩着白色纱帘，隐约透出闪闪烁烁的蓝光，忽明忽暗。我想这里人们的生活是节俭的，看电视都要关灯。天黑以后的印象当然不是宁布尔克，因为我在黄昏时分已经乘上返回布拉格的列车。天黑的印象是捷克南部小城布热茨拉夫。我想，宁布尔克小城与布热茨拉夫没有什么差别。什么叫"时光静止"？青年出走远方。老者蹒跚归家。昼夜少见行人，更没有游客到来。河面上野鸭独自打转。一辆小车从街巷悄悄开出，它在街口停顿一下，似乎犹豫往左还是往右，然后，猛然加油，转弯，声音尖利地跑远。我这回重返宁布尔克，无意中找到你家的另一个房子。我没有进入啤酒厂大门。在大门外酒家的遮阳棚下，十几位小城的老酒友一边对着瓶口饮酒，一边拉起手风琴歌唱。他们苍老的歌声嘶哑。这甜甜的忧伤啊。雨后斜阳，鲜亮地映在他们每一张面孔上，仿佛彩色图片拍摄，设置得过于鲜明。

我还记得，捷克原驻华大使格雷普尔先生的夫人格雷普洛娃女士，专门开车带我到另一座小城参观。它的名字真长，哈弗里奇库夫布罗德。格雷普尔先生现在是捷克外交部相当于副部长的官员。我知道他平时乘公共汽车上下班。我们开车两个多小时，来到小城参加捷克每年十月第三个周末的书展，也是捷克第二大书展。城市文化馆里，来自全国的大小书商云集，设摊摆位，观众如潮。有家出版社就一个人，多少年专门出版莎士比亚的作品，老板既是译者，也是编辑，也是出版人，也是发行人。有的摊位专门经销老旧图书。与其说这是书展，倒不如说是图书大卖场。哈弗里奇库夫布罗德书展，每年都会邀请一位外国作家到场。甚至总统也会前来观摩。

赫拉巴尔先生，我的记忆和你很像，零碎至极。我记得自己为了换换口味，有时晚饭到民族大街与斯帕莱纳大街交汇处超市附近一条小巷的越南餐馆。捷克的越南人真多，完全可以称得上是一个社会。到处都是越南人开设的餐厅、小商铺、水果摊。这家越南餐厅的名字叫"松拉姆"。感觉像个西藏名字。松拉姆，藏语是仁女神。我没有见到。我喜欢吃松拉姆的牛肉汤米粉。餐厅的泡蒜片最开胃。奇怪的是，我每次等待米粉小菜端来的时候，店堂里就要播放音乐，总是那首西班牙作曲家罗德里格的吉他协奏曲《阿兰胡埃斯》第二乐章慢板。这是我喜欢的音乐。罗德里格创作这部作品的时候，他的祖国正在内战中。音乐里都是他客居巴黎回忆中甜甜的忧伤。

吃完米粉，往回走，有一条道可以路过卡瓦拿酒家。我就再到卡瓦拿坐坐，喝上几杯红酒啤酒。夜深，酒家打烊。我已经有点醉意。我顺着如同一把刀子的瑞塔佐瓦小巷回住处，脚下磕磕绊绊，从刀面走到刀柄。到了灯光明亮的巷口，果然撞上酒鬼"海明威"。他的名字叫扬·杰斯科。我经常深夜醉着往回走，这时候就连一只狗都不会有。每到这个巷口，距离我的楼门只有不到十步，长相酷似海明威的扬·杰斯科会向我道声晚安。每天从傍晚到深夜，扬·杰斯科坐在巷口墙脚的防护石墩上，脑袋耷拉着，眼睛望到地面，一瓶啤酒攥紧在手中，用力压进怀抱。他的脚边丢着两三个空酒瓶。他的棕黄色皮鞋，鞋带松开，已经破烂。三年前我来，见他就是这般形象。我经过，冲他吹声口哨，他痴呆地跟我讲很多话。他的手指粗糙肿大。我怀疑他有严重的风湿症。有时候，我也会递给他一些铜币零钱，二三十克朗，他礼貌地接受表示感谢。我要求为他拍照，他从不拒绝，但必须要等他摆好一个无比尊严、怀抱酒瓶的姿势。

酒仙"海明威"

老赫，我就是喜欢这些人，礼貌的酒鬼、街头艺人、穷困诗人、歌舞妓女、捡垃圾的流浪者和他的狗、到墓地给陌生人献花的老者，还有怀才不遇的作家。我就是喜欢这个城市四处可见的涂鸦。世界上，哪里遍布涂鸦，我就把这个地方认作自己的精神故土。布拉格色彩明快又阴翳，即便一个酒鬼，都具有非同凡响的尊严感。扬·杰斯科先生，我就将他视为"布拉格精神"。正是这位"布拉格精神"的扬·杰斯科先生，在我离开捷克的头天上午，我随意走进斯帕莱纳大街，为你当年的废纸回收站大门拍照，再过马路去废纸回收站斜对面的金锚酒家。进到酒家，正撞见"海明威"双手把着一台老虎机疯狂赌博。我比划着说，杰斯科先生，你没有喝酒吗？我请你喝啤酒？他说不。我这才知道，杰斯科的上午都是这样度过的。他不仅是个酒徒，还是一个非常喜欢玩的赌徒。一会儿工夫，我见他将几百上千克朗的纸币顺进机器。结果，什么好运都没能降临。天道不仁慈。

粉尘样的细雨开始不停地飘落。巷子里路面终日都湿着。寒冷的冬天就要来了。

天色阴晦。我对面楼房窗子里整日亮着灯光，可是我从未见到窗子里有人。夜里黑着，周末也没有亮灯。仔细看，好像一个

赫拉巴尔在克斯科通往林中小屋的小径上

神秘的档案文件室。一排排铁架子。一排排文件袋。

细雨绵绵。我站到廊子上抽袋烟。天井里响着雨漏的水滴声。这时，屋顶的一块铁皮轻轻颤动。赫拉巴尔先生，一只硕大苍老的黄猫来了。它忧伤地盯住我，神态严肃，充满怀疑。

我想等到下午雨停，再出门去卡瓦拿酒家喝上两杯。最好的阳光，果然在下午越过屋顶照耀到天井。我来的时候，爬山虎是碧绿的，现在已是满墙金黄。我听到从屋顶传来巷子里游客的喧哗。天上，一架民航班机轰鸣而过。临时，我又不想出门了。

天色很快暗下来。我穿好外套。正要开门的时候，我关掉所有电灯，整个屋子顿时沉入到黑暗里。一切静下来。我要设想一下自己离开以后，这房屋里面的感觉。这才发现房间里居然似有若无地发出一种奇怪的嚓嚓声。我顺着声音发出的大体方向寻找，最后在餐厅通向客厅的门洞上方，找见了一个电子表挂盘。时针刚好指在六点。老城广场的钟声也正在敲响。

赫拉巴尔先生，你可听到？

2011 年

让底层微光点燃

——赫拉巴尔出版始末

一九九一年秋天，我在西藏工作一年多时间，回到北京。我晃晃悠悠地走出机场，猛然觉得，家乡变了。城市夜晚灯火明亮，喧嚣不休。饭局酒桌上充斥着交易。城市同人似乎都陷入到物质的泡沫里。深沉的寂寞裹缠着我。私心打算，是不是应该认真地写写小说了？只有创作能使自己莫名的烦躁同茫然得到平息，使自己的念想有个归宿。

我想迅速地进入到良好的写作状态，可还是写不出内心理想的小说。在万般无奈的嘈杂之中，想到家里收藏的一整套《世界文学》杂志。自己静静看，逐期逐篇看，暂时把写作的事情忘记了。好像是在同时间赛跑，到一九九二年底，几乎读完了自一九七七年复刊以来所有的《世界文学》。一九九三年，新的一页翻开了，我等待着新的《世界文学》到来。就在当年的第二期上，读到了杨乐云译介的中篇小说《过于喧嚣的孤独》和两个短篇、一篇"创作谈"摘录。

现在，这位经典作家已经被汉语世界认识到了，并且得到相当范围的接纳。博胡米尔·赫拉巴尔，捷克人，一九一四年出生。他服过兵役，后来成为一位法学博士，可他的工作从来就在底层，甚至在废纸回收站当打包工。四十九岁，是多数伟大艺术家早已离世的年龄，赫拉巴尔却刚刚出版自己的第一本书，那就是短篇小说集《底层的珍珠》。关于这位作家同他的作品，常识方面无须赘言，但我要说，他是一个功夫坚硬、技巧娴熟却又处处零乱、天马行空的作家，他是一个始终生活在社会底层、关注现实、哀伤文明毁坏的幽默作家。他写底层，但是他的艺术精神气质却保持着优雅高贵。他坎坷的人生履历，尤其让我觉得亲切。我预想，他一定会对今天中国写作者产生影响。

上面这些内容，自己长时间怀在心底，感受着巨大的满足。我可以开始自己的写作了。一下子就写出中篇小说《驼色毡帽》《戏剧零碎》和许多。至少这两部作品，我必须承认自己是从"抄袭"赫拉巴尔而来。《驼色毡帽》的开头:"三个月了,从九月到十一月,已经整整三个月的时间,我头戴一顶脏兮兮的驼色毡帽在都市的大街小巷游荡。"然后,叹息一般地接连重复"三个月了"的叙述调门。再看赫拉巴尔的《过于喧嚣的孤独》开头:"三十五年了,我置身在废纸堆中,这是我的 love story。三十五年来我用压力机处理废纸和书籍,三十五年中我的身上蹭满文字,俨然成了一本百科辞典……"自己顺手闹出来的玩艺儿,一篇到了《大家》,另一篇出现在《收获》上。至少自己这两篇习作,同赫拉巴尔刚开始在中国的命运完全一样,没有得到相应认识。回头看看,文学界当年忙活什么呢!个人永远渺小,不足为惜。我是职业编辑,想到的就是把值得推荐复制的好书给出版出来,况且自己还不满足仅仅读到那么一点赫拉巴尔。

这就到了一九九七年。同事和我经常聚在北京胡同的破烂小酒馆里,我们东张西望,鞋底黏黏乎乎,各自都隐蔽着内心美妙的出版欲望。最终,我拿赫拉巴尔当下酒菜,把自己感动得鼻腔酸热眼睛泛光。正是这一时分,已经下半夜了,我豪情万丈:出版赫拉巴尔!

我并非徒有激情的人。总算得到出版社的支持,我可以开展工作了。我骑上叮当乱响的自行车，跑《世界文学》编辑部，译者杨乐云女士退休出国。我跑中国社科院外文所，东欧室取消了。我找到蒋承俊女士，她说赫拉巴尔的组织翻译有很大难度，能胜任的人非刘星灿女士莫属。我找到外国文学出版社，刘老师退休了。最后，终于找到刘老师的电话。我在城市东部一家小小的粤菜馆，自己掏腰包请捷克文学翻译家刘星灿同她的先生劳白吃饭。那一次会面，好像刘劳两位先生也终于寻找到了我。我们都有相见恨晚的感觉。接下来，我们共同历经艰辛，寻找版权所有者。刘女士担任主编，组织国内外仅有的几位捷克文学翻译家杨乐云、万世荣和劳白开始工作。但是，问题又出来了。刘劳二位老师必须出国帮助女儿照料新出生的孩子。就是在这种远隔大洋十分不便的情形中，我们用去了七年光阴，将已经购买版权的赫拉巴尔八个代表品种陆续出版，它们是《过于喧嚣的孤独》《底层的珍珠》《我曾侍候过英国国王》《巴比代尔》《婚宴》《新生活》《林中小屋》《我是谁》。高尚的读书界认可了我们，同时得到许多媒体的肯定。台湾大块出版公司从我们手中购买了中文译本版权，赫拉巴尔自此在台湾岛声名鹊起。我们感到虚荣吗？或许有那么一点点。而更多的是，感受到为理想出版的快乐。

今年，是赫拉巴尔去世十周年。为了纪念，也基于一个良好出版选题的充实和延伸，我再次邀请老翻译家杨乐云、万世荣、刘星灿和劳白，推出了赫拉巴尔的《河畔小城》，其中包括作家最为重要的三部自传体长篇小说。

在赫拉巴尔热爱的不多的几位伟大作家中，他经常提起中国的老聃。或许，我们已经到了用心读读《老子》的时候了。说到理想出版，我以为，出版是表达，更是创造，如同个人写作。出版工作非要安静地用心用力不可。出版要认识到商业运作的"赚钱"目的，但它也应当成为精神生活的一种方式。在一个物质的经济的科技的世界里，文化工作首要的或许恰恰相反，智慧同诗意似乎特别重要。此外，一个称职作家，永远也不要忽略社会现实同底层百姓心灵珍珠般的微光，要有身体力行的恒久信念。赫拉巴尔的引进，正缘于此。

2007 年

赫拉巴尔的启示

刚刚吃下晚饭，嘴里还都是碎食渣滓，打开电脑看信箱。我真急。就是非常想回答你的问题。自己曾经干过几年期刊和报纸，尽是问别人了（不好意思，也有对着镜子自问的时候）。那时想过，如有一日和对面的人换换位置该有多么喜乐。这个梦，你让我实现了。我兴奋得浑身上下直抖。不，要说还是赫拉巴尔让我实现了自己的梦想。

你问赫拉巴尔的生平？父母都是社会科学工作者。年代的原因，心境都不好，脾气都大。幼年敏感、胆小，与生俱来的悲悯，同情弱者，容易愤怒。父母下放，流动的童年，好奇心随见识增长。心不安定，学习糟糕透顶。高考落榜，戏剧学院也不要。早早进入社会当泥瓦小工，大街上卖水果，后来当书库管理员，搞图书邮购，书店站柜台，搞出版业务，当图书宣传员，当杂志编辑，到西藏干报纸，回北京辞职写作，然后又干杂志和图书编辑。八十年代末还活着的现代文学史上的著名人物大都见过。天葬师的手握过，乞丐的手握过，沈从文先生和未来总书记的手也握过。你看，这不是赫拉巴尔，这是我。如果赫拉巴尔多活几年，我往捷克会会他，这老头子一定问我。那么，我便要照上面这样简单回答。他听过，礼貌地作出惊讶的羡慕样子。其实，他的经历是咱们远远无法比较的。当然，我经历中更多的隐密细节也不好告诉他。沈从文先生老早教导我:搞创作，上大学没有用！没有用！你要到处跑，到社会上去，将来当记者。海明威说：一个作家最好的早期训练，就是有一个不愉快的童年。同样的问题给沈先生，他说："写，写，写字，写信，另外就是玩。"沈从文先生讲的"玩"，假如我没有理解错，所指正是"人生经历"。

对于一个真正的作家，有理想的作家来说——经历，可以使他同他的作品丰富而饱满。

赫拉巴尔的小说内容，都是同他个人乱七八糟的生活经历相关。读他的作品，实际就是读他的经历。有经历的作品，相信我，一般都非常好看。

需要说明的一点，我前几年操持的"行走"，算不上什么人生经历。真正经历基本没有预先性。真正经历都是"天将降大任"之前的时光，很难熬的。"行走"，还比较愉快，苦了肉体，甜在心里，事情做了，玩也玩了，所以不叫经历。什么是经历？比如我拒绝参加"全国编辑职称上岗考试"（去年考试期间上了青藏线，以后也拒考）。那照我这么一个策划编辑了那么多好书得奖书的人，今后如何面对基本生存？真正的经历就要来到了，天知道将是什么样子。所以，赫拉巴尔可不是学学的，赫拉巴尔给我们今天的作家，尤其年轻作家，提供了一种经历的可能，也就是说——"经历赫拉巴尔"。经历他的知识，经历他的磨难，尤其经历他的喧嚣中的孤独，经历他积极的沉默。

"说话小点声。"这是许久以前一个女孩子送给我的，过去了许多时间，自己才明白那话里面坚韧的含意。

赫拉巴尔出版了。多数人在欢乐，而我却深陷在寂寞里。世界的喧哗永无休止。出版界也真是热闹，各种高深理论探讨真多。其实，照我理解：出版，就是把自己喜爱的读物做得干干净净给人看。不能急，也别总是把个什么效益挂在嘴巴上，奖奖奖钱钱钱的，多难听，还不如听猪叫。用心做事情，就会得到别人关注。

这不，你来采访了，国内的八千套早订空了，翻译版权也换成美金卖给台湾了。一切都那么顺理成章，多好。安安静静的，这就是出版。这是一个感想。

第二个感想，就是关于文学写作。读读赫拉巴尔，咱们作家朋友都来找找自身的弱点和差距。咱们文学为什么失去应有的关注？咱们该如何理解经典，领会伟大艺术家的精神？

这些问题，我能要谁回答？

2003 年

利普尼采等待马原

车子赶早驶出城区，沿着布拉格到布尔诺的高速公路往东南方向走下去。车窗外面闪过茂密的丛林。远处浮动着碧绿的东波希米亚丘陵。天地广大，没有遮挡。我知道中午停车吃饭的地方同《好兵帅克》的作者哈谢克有关，可是具体什么关系，一时也没有心思问问。我对哈谢克已经感到疲倦。在布拉格，随处可见那个满脸胡楂画得如同麻子脸一样的帅克形象，酒家，店铺，旅游纪念品，都是那位身材矮胖的好兵帅克，他身穿绿军装，头戴圆军帽，嘴上含着一柄大烟斗滔滔不绝。在布拉格，许多酒家都与哈谢克有关，老城区就那么一点大，哈谢克光顾过的酒家不计其数。惟有饮者留其名。酒家的商业招牌，也的确需要这样的文人墨客妆点。其实名人招牌越大，或许反倒同这位名人的关系没有传说的那么密切。我是这么想的。

坐在车子里，我前头副驾驶座上是马原老兄的大脑袋。这个脑袋在车子里不怎么活动，说明他没有打瞌睡，说明他平时出行多是自驾，习惯坐在前面目光直视和偶然的斜视，脑袋不至于胡乱扭动。可是这颗纹丝不动的大头时常发出共鸣，音色低沉，音调缓慢，至少比他的思维显得迟缓。有时候，我会觉得他的脑袋是个音响功放设备，搞不懂里面哪个线圈短路，真想用巴掌拍他一下。有时，我知道这老兄在想什么，对话往往是这样的。比如，他说：

"这也是一种，啊，啊，啊，"

"表现！"我说。

"一种表现吧。"他说，"就比方说，宇宙，无穷，无穷大，你真的不知道那是，啊，啊，啊，"

"无边无际！"我说。

"啊，比无边无际，还要，啊，啊，啊，"他说，好像一边在爬楼。

"无穷！"我说。

"是的。"然后，他的那个脑袋有半个小时，再没有发出一点声音。

马原对哈谢克无比神往，他直呆呆坐在车子前头，如同一个朝圣者，清心寡欲，不苟言笑，甚至略显拘谨。哈谢克也是我的老熟人。八岁以后才开始阅读。我爸当时反复叫我读的就是《好兵帅克》。那个版本多数读者都不会陌生，是萧乾的译本。那个译本是从英文翻译的，是个节本。我记得当初自己并没有读完那本薄薄的小书，只是喜欢看书里面的插画。也许还不认得那么多字。还有，虽然也觉得故事人物好笑，可总那么没完没了的对话，你一句他一句的，自己天生不喜欢这样。同一时期，我自己找来高尔基的自传读，找来泰戈尔的《飞鸟集》反复阅读。自己天生喜爱苦难孤独忧郁的调调。我与哈谢克 失之交臂。后来也曾拿起过，可是他的形象因为照片印刷模糊，总那么圆呼呼不男不女的，我还是不喜欢他。

阅读真是一件非常奇特的事情。一开始喜欢上的作家作品，后来即便不再拿起，也不至于厌烦。开始就不怎么喜欢的，后来大多还是不喜欢。此乃一见钟情先入为主之谓也。还有一种可能，比方哈谢克，我所景仰的捷克伟大作家赫拉巴尔经常提到他。马原那天在与捷克翻译家苏珊娜·李和爱理聊天时，将哈谢克与卡夫卡进行比对。我没有记下他怎么说的，可是留下分明印象，他对哈谢克评价更高，他欣赏哈谢克的世俗魅力，而对卡夫卡发自形而上的故事写作不大恭维。

不到两个小时，我们从布拉格至布尔诺高速公路的中间段落驶出来，走小道转向东北。天空阴沉。捷克这些天阳光明亮扎眼，就是这个日子阴沉着。经过一个小镇，下雨了。这样的小镇遍布欧洲，看不到人影。每个民居窗户里都有温暖的灯光，可是看不到人。街道上也没有人。时光在此停止，并且还将一直这么停止下去。翻过一个又一个坡道，在一处高地上猛然露出一座庞大高耸的古堡和废墟，又是一个小镇。到地方，我们才清楚这个地名利普尼采（Lipnice）。在小镇上，看到了哈谢克的两座雕像，一个全身半卧着，一个半身胸像。我们先去墓地，最后登上古堡的高坡。但是，我先写去古堡的经历。

时间不合适，古堡闭门谢客。从厚重木门窄小的栅栏窗口往里面探望，是个小小的广场和城堡里的走廊房舍。城堡后门正对面是一所中学，成排的几扇大窗户里亮着灯，十来个女学生冲着窗外捧腹大笑。

"嘿，看，她们多么友好！"领路人徐晖说。

徐晖不知道的是，我走在他后头，一直冲那些窗子作出猕猴抓痒和鹰击长空的舞蹈动作，还扮出吐舌头歪嘴巴挤眼睛各样怪脸。那些学生在这样一个阴雨绵绵的寂静日子，忽然看见窗外坡地上冒出这么一位滑稽可笑的外国人，她们的心情该是如何啊。可是徐晖他并不知道自己身后跟着这么一个搞怪的家伙，他向着那些窗口里面的美丽学生们挥手致意，动作僵硬，如同国家元首的到访。

当天，我在朋友圈发出一条配图微信。这样写道：

"冷雨从古堡伤残的缝隙里猛然掉落，如同魂灵飘洒在身上头上，恶作剧，也是善意的。布拉格东南有七十公里吧，利普尼采小镇。伟大的作家哈谢克住到这里养病。他为什么住在这个地方？他借住的小楼如今由他的曾孙经营着酒家。他买下的小屋，在自己生命最后，住过不足三个月。红军政委哈谢克！你真是一个非常可笑的角色！塌陷的，暴露的，简陋的，这片墓地第一次让我感到害怕。马原和我迟迟走在最后，雨水催促着别人已经没影了。走出墓园，我们恋恋不舍回顾哈谢克。马原突然转身站定，深深鞠躬，一，二，三，我大致不会数错。雨大了。我看马原用一只手背擦脸，我也是一只手的手背擦脸，如同回到童年。我擦的是脸上的雨水。马原哭了，他哭着在我后面解释：我从小就迷他，我迷他迷了一辈子……哈谢克酒家主人说：我们今天头一回迎来了中国人。"

在微信评论里，我补充写道：

"不要急着点赞，我还有几个字没有写完。我从牛仔裤屁股兜里掏出一张皱巴巴的餐巾纸，也许是我用过没舍得丢弃的，侧身递给老马。本以为走几步背后会传来老马放出悲声。一，二，三，四，五，背后宁静得可怕，突然暴发出他巨大的两下擤鼻子。啊，眼泪总是与鼻涕相伴而生，眼泪越多，鼻涕越浓。"

我的微信记录大体是真实的，只是个别细节有所夸张或者经过滑稽处理。更为真实的是，当时雨越下越大，我们在墓地无处藏身，踏着随时叫人滑倒的泥泞找到哈谢克坟墓。到了墓地跟前，徐晖说，就是这里，你们过去看吧，蜡烛落在车里了。说完，他转身霎那间消失得了无踪影。难道他把我们引入了一处险境？

哈谢克在一九二三年一月离世，总共活了四十年不到。他去世的那年，我爸出生。他去世后三十年，马原出生。我并不擅长数学，我时常在精神漂浮的状态里，总是不由自主地计算年月日期，甚至是一些毫无关联的年月日期。那年冬天，气候寒冷异常。积雪在利普尼采艳阳下挂满古堡早已坍塌的残垣断壁。作家哈谢克最终未能躲过这场严寒带来的伤风感冒，很快，转化成肺炎。他的坟墓被灰色大理石覆盖，一看就是新近修整过。有一个小花圈摆放在坟墓上，飘带是红白蓝三色，捷克国旗的主色，应该是政府敬献的。一枚核桃大小的蜗牛正在雨中努力往哈谢克身上攀爬。我们的到来惊动了它，两根长须迅速地缩回壳里。马原把它捡起，放在哈谢克身上，我却想到这么一只健硕的蜗牛，裹上奶酪，用酒精盐烧来一定美味可口。又想，它大概从哈谢克的墓穴里爬出来，或者从其他人的墓穴爬出来，想到这里，自己什么胃口也没有了。徐晖很快回来了，点燃手中的红烛灯，轻轻放在哈谢克的墓上。除了哈谢克这个坟墓，墓园里其他的坟多为破败塌陷。从一个裂开大口的墓穴看进去，是一具黑色落满土坷垃的厚重棺木。我走在最后。到了墓园门口，栅栏门从外面拴住了。我叫，老马！老马！马原厉声训斥着他那不满七岁的小儿子马格："把门打开！怎么能把你龙叔叔锁在里头！听到没，快点打开！"

"龙冬先生，请出来吧。"马格极不情愿地为我把墓园的门打开，然后，他转身好像蚂蚱一般跳开了。

后来，我们站到古堡的高地上，一面是利普尼采小镇的红色屋顶，其他三面都是开阔犹如史前文明的平原。乳白的天光从乌云轻薄处渗透出来，照亮着平原上细长的金色河流。这油彩该如何调色？目光越过小镇高低杂乱错落的屋顶，远远落在那个墓园里，并且很容易找见哈谢克。他坟墓上那个小小花环，鲜艳明亮，似乎放射出圣诞节日的光芒。

哈谢克生病以后，为什么远离布拉格来到利普尼采小镇，不得而知。我在实地看到他的两个住处。一处两层小楼外带一层阁楼，名字叫"在捷克皇冠旁边的家庭旅店和啤酒馆"，这是他在利普尼采借住的地方。如今这座小楼由他的曾孙经营着一家酒店。还有一个住处，是作家生前购买的房产，他在里面住过不到三个月就去世了。这个小房子盖在古堡下的坡地，门外是一条通进巷子的小道出入口，正面看是个平房，侧面看，进屋地下还有一层空间。房子门窗紧锁。屋门一侧墙面画着戎装的帅克和正在写作的哈谢克，如同一对可怜的难兄难弟。假如没有提醒，任何人也不会想到这座普普通通的民居小屋里，有一张哈谢克人生最后的床铺。

在利普尼采，我也想哭一下。可哭不出。晚上住到布达佩斯旅店写那个微信，联想到哈谢克这位同行前辈和我自己今天的写作状况，我忍着，忍着，顽强地忍着，却终于没有忍住。

这回我在捷克和匈牙利七天。回到北京，人就病了。感冒引起咳嗽，浑身疼痛，输液吃药好多天。马原还在布拉格，据说偶尔也到欧洲其他国家走走，多数时间在布拉格。他和他老婆小花、儿子马格住在徐晖韩葵夫妇管理的旧城区"十月作家居住地·布拉格"的老房子里，每日买菜做饭，然后到伏尔塔瓦河边散步。我猜想马原还会到利普尼采小镇，或者路过那里，再去看望哈谢克。

我正在重读哈谢克的《好兵帅克》。二十世纪七十年代初，我爸为什么只要我读他？今天，我完全明白了。今天，我也会劝说孩子，年轻人，你们要读一读哈谢克，读他的《好兵帅克》。他会给你良好的心情。给你智慧。他教给你如何同这个乱世抗争。

回来看酒家的介绍彩页才知道，利普尼采那个哈谢克曾经住过的旅店酒家现在也是可以住宿的。我把这个消息告诉马原时，他说：

"那么，兄弟你还来吗？"

2016 年

后记

这个集子的文章，都是我的捷克旅行生活。

因为编辑出版捷克伟大作家赫拉巴尔的缘故，十年里我五次到布拉格旅行。那个国家和城市，给我留下非常美好的印象。美好到什么程度？我的回答是，总想去，总想去，多少次也去不够，哪怕在那里什么也不做，只是发呆，就像时光静止的小城宁布尔克的猫们在拉贝河畔沉思默想，俨然一个个哲学家的样子。

我不大喜欢一个集子的文章内容五花八门，感觉是个百宝箱，或者字纸篓。这个册子里的文章都是游记，可并非一般游记。借用流行说法，叫"深度游"吧。

在所谓游记写作上，我曾经是下过工夫的，也积累了一点点经验。正是这点经验，却又把自己束缚了，似乎成为个人某类写作的一个套路，一种惯性，以致时刻干扰着自己放松的游玩。于是，我下决心，不干了！否则任何旅行对于我都是辛苦疲劳的，眼观六路，耳听八方，不是一件轻松的事情。再者，我也不大接受别人说到我的写作就是"写游记"。我是会写游记的。我对自己写游记是有要求的，至少它不能成为景点游览说明和空泛虚拟的抒情，也不能装作大学问，把景点当成自己的讲台教具。我是一个爱玩的人。可是我所喜爱玩的地方，玩的东西，玩的方法，从玩乐中获取的感受、知识和心得，总归与众不同。

我是一个非常非常喜欢玩的人。我玩得很累。读者您却可以随同我一起去轻松玩玩。我这么想，您的感受大概也不会是仅仅为了得到单调的快乐。我自信，你会喜欢我这个和你一起旅行的人。

感谢北京十月文艺出版社总编辑韩敬群先生为这本书付出的辛劳。

龙冬

2016 年 5 月 3 日于"十月作家居住地·布拉格"

图书在版编目(CIP)数据

喝了吧，赫拉巴尔 / 龙冬著. ——北京 ：北京十月
文艺出版社，2016.10
ISBN 978-7-5302-1632-3

Ⅰ. ①喝… Ⅱ. ①龙… Ⅲ. ①随笔—作品集—中国—
当代 Ⅳ. ①I267.1

中国版本图书馆CIP数据核字(2016)第222215号

喝了吧，赫拉巴尔
HELEBA HELABAER

龙冬 著

出　版　北京出版集团公司
　　　　北京十月文艺出版社
地　址　北京北三环中路6号
邮　编　100120
网　址　www.bph.com.cn
发　行　新经典发行有限公司
　　　　电话 (010) 68423599
经　销　新华书店
印　刷　北京盛通印刷股份有限公司
版　次　2016年10月第1版
　　　　2016年10月第1次印刷
开　本　787毫米×1092毫米　1/32
印　张　6.75
字　数　106千字
书　号　ISBN 978-7-5302-1632-3
定　价　32.00元
质量监督电话　010-58572393